미스 손탁

미스 손탁

서해문집 청소년문학 003

초판 1쇄 발행 2018년 5월 15일
초판 9쇄 발행 2024년 7월 10일

지은이   정명섭
펴낸이   이영선
책임편집   김종훈

편집   이일규 김선정 김문정 김종훈 이민재 이현정
디자인   김회량 위수연
독자본부   김일신 손미경 정혜영 김연수 김민수 박정래 김인환

펴낸곳 서해문집 | 출판등록 1989년 3월 16일 (제406-2005-000047호)
주소 경기도 파주시 광인사길 217 (파주출판도시)
전화 (031)955-7470 | 팩스 (031)955-7469
홈페이지 www.booksea.co.kr | 이메일 shmj21@hanmail.net

ISBN 978-89-7483-932-1 43810

이 도서의 국립중앙도서관 출판예정도서목록(CIP)은 서지정보유통지원시스템 홈페이지(http://
seoji.nl.go.kr)와 국가자료공동목록시스템(http://www.nl.go.kr/kolisnet)에서 이용하실 수
있습니다.(CIP제어번호: CIP2018013408)

서해문집
청소년문학
003

미스 손탁

정명섭 장편소설

서해문집

차례

손탁호텔의
여왕

"우와!"

경운궁(덕수궁) 대한문과 센트럴호텔 사이 길을 통해 정동에 들어선 배정근은 감탄사를 날렸다. 연말이라 날씨가 쌀쌀한 편이어서 지나가는 사람들 모두 두툼한 조끼나 휘항*을 착용하고 있었다. 하지만 배정근은 추위도 잊고 구경하기에 여념이 없었다. 그도 그럴 것이 난생 처음 보는 것들이 너무 많았기 때문이다. 사람이 끄는 인력거가 오가는 것은 말로만 들었지 실제로 처음 보았다. 그리고 프록코트에 모자를 쓰고 지팡이를 옆구리에 낀 양인 남자나 잔뜩 부풀어 오른 드레스를 입고 양산을 쓴 양인 여자들이 아무렇지

* 머리에 쓰는 방한모의 일종.

도 않게 길을 오가는 건 신기하기만 했다. 물론 그가 얼마 전까지 다녔던 한성외국어학교*에서도 외국인 교사들이 있었지만 한번에 이렇게 많이 본 것은 처음이었다.

"그래서 여길 공사관 거리나 외국인 거리라고 부른단다."

배정근의 손을 잡고 있던 형 배유근이 푸근한 목소리로 말했다. 대한제국 시위대** 참위(소위)인 형은 나이 차이가 제법 있어서 그런지 그에게는 아버지처럼 느껴졌다. 경운궁의 중화문 너머로 한창 지어지고 있는 서양식 건축물의 이름이 석조전이고, 맞은편에는 2층으로 된 탁지부*** 건물 공사가 마무리 중이라고 형이 알려주었다. 형의 얘기를 귀담아 듣던 배정근은 경운궁 모서리에 불쑥 솟은 서양식 건물을 가리키면서 물었다.

"저건 뭐야? 형."

"서양식 망대란다. 아까 경복궁의 십자각 봤지?"

"응."

고개를 끄덕거린 배정근을 내려다보던 형이 대답했다.

"황제 폐하가 계시는 궁궐 주변을 감시하기 위해서 만든 거란다. 반대편에 하나 더 있단다. 그리고 저게 뭔지 아니?"

---

* 조선에서는 1895년 법어학교를 시작으로 외국어학교들이 설립되었다. 그러다가 1906년, 학제 개편을 통해 외국어학교들 모두 한성외국어학교로 통합되었다.
** 왕의 호위를 위해 조직된 군대.
*** 국가 재정을 맡아보던 중앙관청.

형이 가리킨 곳엔 붉은색 벽돌로 만들어진, 어마어마하게 큰 서양식 건물이 보였다. 고개를 갸웃거리면서 바라보던 배정근이 조심스럽게 입을 열었다.

"교회?"

"맞아. 아펜젤러 선교사가 세운 정동교회란다. 10년 전에 만들어졌을 때는 서양식 건물은 저거 하나밖에 없었는데 말이다."

감개무량한 목소리로 얘기한 형은 뒤쪽을 가리키면서 덧붙였다.

"저긴 이화학당이란다."

"이화학당?"

배정근이 정동교회보다 더 크고 긴 서양식 2층 건물을 바라보면서 중얼거리자 형이 고개를 끄덕거렸다.

"스크랜턴 여사가 세운 학당이지. 저길 메인 홀이라고 부른다. 저곳에서는 여자들만 교육을 받는단다."

여자들이라는 얘기에 배정근이 귀를 쫑긋 세우자 형이 껄껄 웃었다.

"기저귀에 오줌 싸고 울던 게 엊그제 같은데 이제 장가를 가도 되겠구나."

괜히 쑥스러워진 배정근이 고개를 돌렸다. 반쯤 열린 정문을 통해서 이화학당의 뜰에 여학생들이 모여서 체조를 하는 모습이 보였다. 팔을 휘휘 휘두르고 다리를 쩍 벌리면서 체조를 하는 모습을 본 배정근은 입을 다물지 못했다. 지나가던 여학생 하나가 입을 삐죽 내밀고는 거칠게 문을 닫아 버렸다. 더 무안해진 배정근을 본 형이 껄껄 웃었다. 그러고는 몇 걸음 더 걸은 후에 입을 열었다.

"거의 다 왔다."

약간은 서글프게 들리는 형의 목소리에 이화학당의 잔상을 털어 버린 배정근이 고개를 들었다. 야트막한 언덕 위에 낮은 울타리로 둘러싸인 서양식 정원이 보였고, 정원 뒤편에는 2층으로 된 서양식 건물이 보였다. 울타리 주변에는 사람이 끄는 인력거와 가마 들이 있었고, 인력거꾼과 가마꾼 들이 쭈그리고 앉아 추위에 떨면서 곰방대로 담배를 피우는 중이었다. 서양식 건물은 앞으로 그가 일하게 될 손탁호텔이었다. 계단이 있는 현관 좌우는 아케이드로 꾸며졌고, 현관 위에는 얇은 기둥으로 지탱되는 포치*가 있었다. 포치는 그대로 2층의 테라스이기도 했다. 경사진 지붕 가운데에는 작은 다락창이 자리 잡고 있었다. 다락창 앞으로는 길게 하늘로 치솟은 깃대 봉이 있고 끝에는 하얀색과 푸른색, 그리고 붉은색으로 구성된 아라사(러시아) 국기가 바람에 펄럭였다. 지붕 중간에는 붉은 벽돌로 된 굴뚝 네 개가 나란히 세워져 있어서 마치 국기를 호위하는 병사처럼 보였다. 손탁호텔의 정원에는 양복 차림의 외국인들이 삼삼오오 모여서 얘기를 나누는 중이었다.

"흠흠…."

---

* 현관 위에 지붕처럼 씌워 놓은 것으로 비바람을 피하기 위한 용도로 만들어졌다.

잔뜩 긴장한 배정근이 헛기침을 하자 형이 큼지막한 손으로 어깨를 두드렸다.

"형이 호랑이한테 물려 가도 정신만 차리면 살 수 있다고 했지? 앞으로 대한제국은 외국인들과 어울려 살아야 한다. 그러니까 그들의 습관과 예절을 배워 두는 것이 반드시 필요하단다."

형의 말에 배정근은 고개를 끄덕거렸다. 사실 다른 방법이 없었다. 몇 년 전에 아버지가 돌아가시고 작년에 병치레를 하던 어머니마저 돌아가시면서 배정근에게는 열 살 터울의 형만 남았다. 하지만 아버지처럼 군인의 길을 걷던 형이 황궁을 지키는 시위대 참위로 임관했기 때문에 돌봐 줄 수 없었다. 설상가상으로 어머니의 장례가 끝나자마자 친척들이 들이닥쳐서 쓸 만한 재산들을 가져가 버리고 말았다. 그걸 본 형은 배정근을 맡아 주겠다는 친척들의 얘기를 딱 잘라 거절했다. 어떤 대접을 받을지 뻔했기 때문이다. 며칠간 고민하다가 찾은 방법이 바로 손탁호텔에서 급사로 일하는 것이었다. 적지만 급료도 받고, 외국인들과 일하면서 언어와 예절도 배울 수 있었다. 배정근은 다니던 법어학교만 졸업하면 공사관이나 조정에서 역관으로 일할 수 있는 기회가 있었지만 그러기에는 현실이 녹록지 않았다. 결국 배정근은 형의 뜻을 따르기로 했다. 하지만 형의 품을 떠나서 낯선, 그것도 외국 사람들이 드나드는 곳에서 일을 해야 한다는 사실이 그의 마음을 무겁게 만들었다. 그런 배정근을 다독거리던 형이 갑자기 모자를 벗고 위쪽을 바라봤다.

"안녕하십니까? 부인."

배정근도 따라서 위쪽을 쳐다봤지만 지붕을 넘어온 햇살 때문에 제대로 볼 수 없었다. 한 손으로 눈썹 위를 가리자 겨우 테라스에서 이쪽을 내려다보는 외국 여인이 보였다. 나이가 꽤 들었다는 사실을 증명하듯 머리카락은 온통 하얀색이었고, 얼굴은 각진 형태였다. 약간 신경질적으로 보이긴 했지만 전체적으로는 후덕한 인상이었는데 서양인답게 덩치는 형보다 더 커 보였다. 형이 인사를 하라는 손짓을 하자 배정근도 얼른 고개를 숙이면서 법어(프랑스어)로 인사를 했다.

"봉주르, 마담."

법어학교 교장인 마태을*에게 배운 대로 낭랑한 목소리로 인사를 했다. 하지만 뜻밖에도 들려온 것은 한국어였다.

"2층으로 올라오너라."

얼떨떨한 표정의 배정근에게 형이 활짝 웃으면서 말했다.

"놀랐니? 손탁 여사가 여기에 온 게 대략 20년 전이니까 여기서는 너보다 더 오래 산 셈이야."

형의 놀림을 받으며 손탁호텔 안으로 들어서자 천장의 샹들리에가 가장 먼저 눈에 들어왔다. 허공에 보석을 매달아 놓은 것같이

---

* 법어학교 설립자인 마르텔의 한국 이름.

반짝거리는 샹들리에는 십자 모양으로 난 복도에 은은한 빛을 비
췄다. 카펫이 깔린 바닥을 지나 계단을 올라갔다. 계단 난간은 먼
지 하나 없이 반질반질했다. 현관이 있던 2층 앞쪽은 살롱으로 꾸
며져 있었다. 활짝 열린 문 너머로 테라스에는 아까 올려다봤던 손
탁 여사가 등지고 서 있는 게 보였다. 배정근도 안으로 들어선 형
을 따라 살롱 안으로 들어갔다. 녹색 천으로 덮인 원탁에는 아름다
운 꽃이 담긴 화분이 놓여 있었고, 벽에는 석유로 불을 밝히는 가
스등이 붙어 있었다. 안쪽 벽에 붙은 벽난로에서는 장작이 타오르
고 있었다. 살롱을 지나 테라스로 향하던 형은 구석에서 커피를 마
시던 누군가를 보고는 가볍게 인사를 했다. 테라스에 서 있던 손탁
여사가 돌아서서 두 손을 모은 채 그를 내려다봤다. 잔뜩 긴장한
배정근은 마른침을 삼키면서 바닥을 봤다. 벗은 군모를 한 손에 든
형이 손탁 여사에게 말했다.

"이쪽이 제 동생 배정근입니다."

"나이는?"

"올해 열여섯입니다."

"법어학교를 다녔다고?"

손탁 여사의 물음에 배정근은 고개를 끄덕거렸다.

"8개월 다녔습니다."

배정근의 얘기에 형이 덧붙였다.

"작년에 어머님께서 편찮으시다가 돌아가셔서 더 다니지 못했

습니다."

형의 설명을 들은 손탁 여사가 배정근에게 말했다.

"가서 커피 한 잔 가져오너라."

손탁 여사의 지시를 받은 배정근은 살롱 구석에 있는 테이블로 향했다. 다른 곳과는 달리 하얀 천이 깔린 그곳에는 커피를 가는 그라인더와 주전자, 그리고 분쇄된 원두를 천으로 걸러 내는 융드립이 있었다. 검정색 바지에 녹색 조끼를 입은 호텔 보이들이 주변에 서 있다가 그가 다가오자 뒷걸음질로 물러났다. 보이들의 눈은 호기심과 질투로 가득 차 있었다. 그들이 도와줄 리 없다는 생각에 작게 한숨을 쉰 배정근은 일단 물부터 확인했다. 마태을 교장에게 법어와 함께 서양 에티켓을 배우면서 커피 타는 법을 배우긴 했지만 한두 번뿐이었다. 심호흡을 한 배정근은 머릿속에 떠오르는 것들을 중얼거렸다.

"일단 커피 원두를 갈아야지."

다행히 핸들로 돌리는 커피 그라인더 안에는 한 잔 분량의 커피 가루가 들어 있었다. 그걸 들어서 천으로 만든 융드립에 털어 넣은 다음 유리잔 위에 걸쳐 놨다. 옆에는 도자기로 만든 주전자와 커피 잔 세트가 놓여 있었다. 주전자에 뜨거운 물이 들어 있는 것을 확인한 배정근이 물을 천천히 융드립 위에 부었다. 커피 특유의 탄 냄새가 뜨거운 김과 함께 확 올라왔다. 커피가 내려지는 것을 확인한 배정근은 구석에 놓인 나무 쟁반에 커피 잔과 티스푼을 올려놓고, 바구니 안에 있는 각설탕도 챙겼다. 마지막으로 융드립으로 걸러진 커피를 커피 잔에 조심스럽게 담은 배정근이 심호흡을 하고 쟁반을 들려고 할 때 지켜보던 보이 중 한 명이 슬쩍 다가왔다.

"각설탕 두 개 가져가."

낮게 속삭인 보이의 얘기에 배정근은 각설탕 하나를 더 챙겼다. 쟁반을 든 배정근이 다가오자 형과 얘기를 나누던 손탁 여사가 엄한 표정으로 바라봤다.

"저쪽 테이블에 세팅해 놓아라."

가볍게 고개를 숙인 배정근은 가까운 테이블에 커피 잔을 조심스럽게 내려놓고 티스푼과 각설탕을 잔 받침에 올려 뒀다. 테라스에서 지켜보던 손탁 여사가 무표정한 얼굴로 다가왔다. 얼른 옆으로 물러난 배정근은 잽싸게 의자를 뺐다. 손탁 여사의 얼굴에서 처음으로 미소가 번졌다. 의자에 앉아서 각설탕 두 개를 넣고 티스푼으로 커피를 저은 손탁 여사가 커피를 한 모금 마셨다.

"잘 내렸구나. 마침 일손이 부족하니까 내일부터 일해라. 아홉 시까지 오너라."

안도의 한숨을 쉰 배정근은 고개를 꾸벅 숙였다.

"감사합니다. 여사님."

"열심히 일하지 않으면 집으로 돌려보낼 테니까 잘해야 한다."

엄한 목소리로 얘기한 손탁 여사가 물러가라는 손짓을 하고는 커피 잔을 입에 갔다 댔다. 형이 어깨를 토닥거리면서 잘했다고 속삭이자 눈물이 핑 돌았다. 만약 이곳에서 일하지 못한다면 친척들이 있는 시골로 내려가는 수밖에는 없었고, 그러면 형과 떨어져 지내야만 했기 때문이다. 형과 함께 아래층으로 내려와서 호텔 밖으로 나가는데 누군가 형을 불렀다.

"배유근 참위 아닌가?"

배정근은 형의 얼굴이 잠시 일그러지는 것을 봤다. 형을 부른 사람은 검정색 양복 차림의 사내였다. 훤칠한 체격에 넓은 이마, 그리고 코 밑에 난 수염을 본 배정근은 어디서 본 얼굴 같다고 생각하면서 고개를 갸웃거렸다. 그 옆에는 서양식 드레스에 모자까지 차려입은 중년의 조선 여인이 서 있었다. 마지못한 표정으로 몸을 돌린 형이 가볍게 고개를 숙였다.

"참정대신 각하! 안녕하십니까!"

"여긴 어쩐 일인가?"

콧수염 사내의 물음에 머뭇거리던 형이 조심스럽게 입을 열었다.

"동생을 맡기려고 왔습니다."

상대방의 시선이 옮겨 오자 배정근은 저도 모르게 움츠러들었다. 그런 배정근을 본 콧수염 사내가 피식 웃었다.

"나한테 부탁하지 그랬나. 집도 넓은데 말이야."

콧수염 사내가 너털웃음을 지으면서 말하자 옆에 있던 여인도 까르르 웃었다.

"우리 각하는 마음도 넓으시지."

두 사람의 얘기를 듣던 형이 노골적으로 불편한 기색을 띠었다.

"호의는 감사합니다만 동생은 여기서 일하기로 했습니다."

"앞으로 자주 보겠군. 수고하게. 배 참위."

"이만 가 보겠습니다."

가볍게 인사를 하는 것으로 얘기를 마무리한 형이 배정근의 손을 꽉 움켜쥐고 손탁호텔을 빠져나왔다.

"나라를 팔아먹은 주제에 뻔뻔하기가 이를 데 없군."

"누군데?"

배정근의 물음에 형이 가볍게 한숨을 쉬었다.

"참정대신 이완용이다."

"형이 지난번에 얘기했던 그 매국노?"

"재작년에 을사조약을 체결하는 데 앞장선 작자지. 황제 폐하께서 어째서 저런 자를 곁에 두는지 모르겠다."

"그 옆에 여자는?"

"아마 사다코, 아니 배정자일 거다. 원래 조선 사람인데 이토 히로부미 통감의 양녀로 들어간 이후 왜놈의 밀정 노릇을 하고 있지."

"둘 다 나쁜 사람이지?"

배정근의 물음에 형은 고개를 끄덕거렸다.

"나라를 팔아먹고 배신한 자들이니 살인자나 강도보다 더한 죄인들이지."

"그런데 왜 순검들이 안 잡아가?"

깊은 한숨을 쉰 형이 대답했다.

"그러니까 나라가 어지럽다고 하는 거다. 그러니 우리 형제라도 정신 똑바로 차려야 한다. 알았지?"

배정근이 고개를 끄덕거리자 형이 활짝 웃었다.

"둘이 나온 것도 오랜만이니까 진고개에 가서 사진이나 찍을까?"

"눈깔사탕도 사 주는 거야?"

"그럼."

신이 난 배정근이 활짝 웃자 형도 따라서 웃었다.

정동을 빠져나온 두 사람은 진고개로 향했다. 그나마 날씨가 따뜻해서 그런지 갓과 신발을 파는 장사꾼들이 길가에 좌판을 펼쳐 놨다. 나무를 산더미처럼 쌓아 놓고 열심히 칼로 깎고 있는 다듬이 장사꾼이 기댄 담장에는 일본의 무라이형제상회에서 파는 히이로 담배 광고지가 붙어 있었다. 그 옆에는 나무판 위에 직접 군밤을 올려놓고 파는 아이들도 보였다. 형은 그중 한 명에게서 군밤을 사 줬다. 군밤을 파는 아이들이 시위대 제복을 입은 형에게서 눈을 떼지 못하는 것을 보자 배정근은 어깨가 으쓱거렸다. 진고개가 가까워지자 풍경이 달라졌다. 한때는 비만 오면 산길이 죄다 진흙탕이 되어서 진고개라고 불렸던 이곳은 몇 년 전부터 일본인들이 자리를 잡았다. 그러면서 가난한 양반들이나 살던 이곳은 전혀 다른 모습으로 바뀌었다. 일본인들이 차린 상점들이 속속 들어서면서 한성에서 가장 번화한 거리로 변한 것이다. 깔끔하게 정돈된 거리 곳곳에는 장죽이나 곰방대가 필요 없는 양담배와 달콤한 눈깔사탕, 그리고 그을음이 없는 석유같이 신기하고 편리한 것들을 팔았다. 남정문역*에서 종로로 전차가 다니면서 왕래도 한결 편리해졌다. 그래서 시골에서 올라온 양반들은 물론이고 한성 사람들 중에서도 전차를 타고 진고개를 제집 드나들 듯하면서 희귀한 물건들을 마구잡이로 사들이는 이들이 많았다. 또래의 학생들 중에도 진고개에 눈깔사탕 사러 간다면서 왜각시들을 구경하러 가는 경우가 많았다. 이런저런 생각을 하면서 걷는데 멀리 명동성당의 뾰족한 첨탑이 보였다. 나란히 걷던 형이 말했다.

"진고개에 다 왔구나. 일단 생영관**에 가서 사진을 찍자."

얼굴에 하얀 분칠을 한 왜각시를 지켜보느라 정신이 없던 배정근은 대답 대신 고개를 끄덕거렸다. 잘 포장된 진고개 길을 오르자 생영관이라는 간판이 보였다. 나무 문을 열고 들어간 생영관 안은 대낮인데도 어두침침했다. 양복 차림에 돋보기를 들고 사진을 들여다보던 일본인이 고개를 들면서 어눌한 한국어로 말했다.

---

* 1900년 문을 연 경성역의 다른 이름. 1905년부터 1915년까지 남정문역으로 불리다가 경성역으로 이름이 바뀌었다.
** 무라카미 덴신이라는 일본인이 진고개에서 운영하던 사진관.

"어서 오십시오. 사진관 주인 무라카미입니다."

"사진 찍으러 왔소. 나랑 내 동생을 찍고 싶소."

당당한 체격과 시위대 제복 차림의 형 얘기에 사진관 주인 무라카미가 굽실거렸다.

"이쪽으로 오시지요. 참위님."

무라카미가 어두컴컴한 복도를 지나 제일 안쪽 방으로 안내했다. 검정색 커튼을 한 손으로 열고 안으로 들어오라는 손짓을 한 그를 따라 들어선 배정근은 저도 모르게 입을 벌렸다.

"우와!"

화려한 병풍과 비단으로 장막이 벽을 장식하고 있었고, 붉은 천이 덮여 있는 원형 테이블이 가운데를 차지했다. 테이블 위에는 책과 꽃병이 장식처럼 놓여 있었다. 가운데 있는 사진기 쪽으로 걸어간 무라카미가 말했다.

"저쪽에 가셔서 포즈를 잡으시면 됩니다."

테이블 뒤쪽에는 의자가 보였다. 배정근이 의자에 앉자 형은 팔걸이에 몸을 기댄 채 자연스럽게 사진기를 응시했다. 배정근은 학교에서 단체로 사진을 한 번 찍어 본 적이 있지만 아직은 낯선 경험이었다. 삼각대에 지탱되는 사진기를 들여다보던 무라카미가 이리저리 포즈를 잡아 줬다. 그러고는 건판을 사진기에 끼운 다음에 한손으로 끈을 잡았다.

"렌즈를 보시고 자연스럽게 웃으세요. 찍습니다. 하나! 둘! 셋!"

'펑' 하는 소리와 함께 눈앞이 하얗게 변했지만 배정근은 애써 태연한 척 했다. 포즈를 바꿔서 한 번 더 찍고 나서야 촬영은 끝이 났다. 선금을 치른 형이 사진을 찾으러 오겠다고 하자 무라카미는 심부름꾼 편에 보내 주겠다고 말했다. 사진을 찍고 나온 배정근에게 형이 근처 상점에서 눈깔사탕을 잔뜩 사 줬다. 평소에는 이 상한다고 먹지 못하게 했는데 형이 크게 선심을 쓴 것이다. 배정근은 양 볼이 가득 찰 정도로 눈깔사탕을 밀어 넣고는 쪽쪽 빨았다. 그런 동생을 물끄러미 바라보던 형이 한쪽 무릎을 꿇고 눈을 맞췄다.

"형이 힘이 없어서 널 제대로 돌봐 주지 못하는구나."

"괜찮아. 손탁호텔에서 열심히 일해서 돈도 벌고 외국어도 배울게. 그래서 형처럼 군인이 될 거야."

"그래. 우리 정근이는 용감하니까 충무공 이순신 같은 장군이 될 거다."

씁쓸한 표정을 지은 형이 장난스럽게 머리를 쓰다듬었다. 헝클어진 머리를 손가락으로 가다듬은 배정근은 형을 따라 진고개를 내려갔다.

교장실에서 팽팽한 대치가 이뤄졌다. 갓을 쓰고 도포를 입은 중년의 사내는 수염을 파르르 떨면서 호통을 쳤다.

"뭣이! 못 내준다고! 내 새끼인데 왜 못 데려가!"

아버지의 호통에 이복림은 이화학당 교장인 스크랜턴 뒤에 숨어서 치맛자락을 꼭 움켜쥐었다. 어머니를 설득해서 겨우 입학했는데 어떻게 알았는지 아버지가 달려온 것이다. 교실에서 수업을 듣던 이복림은 문을 박차고 들어온 아버지를 보고 뒷문으로 달려나가서 2층의 교장실로 뛰어 들어가 성경을 읽고 있던 스크랜턴 뒤로 숨었다. 교장실까지 따라온 아버지가 흥분한 목소리로 따졌지만 일흔 살이 넘은 스크랜턴 여사 역시 만만치 않았다. 그동안 무수히 항의를 받아왔던 그녀는 조용히 성경을 덮고 일어나서 이복림의 앞을 가로막았다. 이 땅에 온 지 20년이 넘어서 한국말을 잘했지만 한 마디도 입을 열지 않고 조용히 아버지를 노려봤다. 늙은 서양 여인이 그런 식으로 나서자 아버지의 기세도 누그러지고 말았다. 분위기가 가라앉자 스크랜턴 여사가 차분하게 입을 열었다.

"이복림 학생은 어머니가 우리 학교에 맡겼습니다."

스크랜턴 여사의 입에서 한국말이 나오자마자 아버지가 쏘아붙였다.

"내가 저년 아비라고! 저년 어미가 무슨 얘기를 했든 상관없어."

"우린 상관있습니다. 그리고 이복림 학생도 우리 학교에 다니기로 했고 말이죠."

"복림아. 그 얘기가 사실이냐?"

아버지 시선에 움찔한 이복림은 스크랜턴의 치맛자락을 더 세게 움켜잡았다. 고개를 돌린 스크랜턴이 말없이 내려다봤다. 이제 이복림 스스로 결정해야 할 시간이 찾아온 것이다. 마른침을 삼킨 이복림은 아버지를 쳐다봤다. 항상 엄하고 무서웠던 아버지는 그에게는 두려움과 공포의 대상이었다. 그래서 어머니도 아버지 앞에서는 고양이 앞의 쥐 신세였다. 그런 어머니가 이화학당에 들어가겠다고 한 이복림을 허락한 것은 그녀가 내뱉은 말 때문이었다.

"난 어머니처럼 첩으로 살고 싶지 않다고!"

그 기억을 떠올린 이복림은 온몸을 부르르 떨면서 단호하게 말했다.

"전 이 학교를 계속 다닐 겁니다."

뜻밖의 얘기를 들은 아버지의 두 눈이 부릅떠졌다.

"뭐라고? 넌 양인들이 아이들을 잡아다가 기름을 짜내서 머리를 빗고 간을 빼서 먹는다는 소문도 못 들었느냐? 저들의 학문을 배워서 뭣에 쓸려고 그러는 게냐? 계집이란 그저 집안에서 지내다가 시집 잘 가면 그만이다. 네 나이 이제 열여섯이다. 이런 데를 다닌다고 하면 좋은 곳으로 시집가지 못한다."

아버지의 얘기를 들은 이복림은 고개를 저으면서 대답했다.

"저는 박에스더*처럼 의사가 될 거예요. 집에는 안 돌아가겠어요."

"이년이!"

씨근덕거리던 아버지가 이복림의 팔을 낚아채려고 했다. 그 순

---

* 이화학당 출신으로, 우리나라 최초의 여의사다.

간 스크랜턴 여사가 들고 있던 성경으로 아버지의 팔뚝을 내리쳤다. 깜짝 놀란 아버지가 움찔하자 스크랜턴 여사가 한 발 앞으로 나섰다.

"내 앞에서 폭력을 휘두를 생각은 하지 마십시오."

"폭력이라니, 내 딸년 내 맘대로 하겠다는데 무슨 상관이야!"

"당신 딸이기 전에 하느님의 자식입니다. 그리고 들어오시면서 현관을 보셨겠지요?"

"보다 말다! 그게 뭔 상관인데!"

"이화학당의 현관은 황제 폐하께서 내려 주신 겁니다."

스크랜턴 여사의 얘기를 들은 아버지가 움찔했다.

"그, 그게 사실이오?"

"그렇다마다요. 더 이상 행패를 부리면 황제 폐하께 이 사실을 고할 겁니다."

스크랜턴 여사의 단호한 태도에 아버지는 더 이상 어쩌지 못하고 돌아서야만 했다. 한숨을 돌린 이복림은 저도 모르게 주저앉고 말았다. 바닥에 주저앉은 이복림을 향해 스크랜턴 여사가 말했다.

"일어나서 수업 들어가야지."

다음 날 아침, 배정근은 손탁호텔 앞에 선 채 심호흡을 했다. 새벽에 진눈깨비가 내렸는지 길이 질퍽했지만 정동 거리는 돌이 깔려 있어서 걷는 데 아무런 불편이 없었다. 어젯밤에 형에게 아무 걱정하지 말라고 큰소리를 쳤지만 내심 떨리는 건 어쩔 수 없었다. 게다가 손탁 여사가 엄청 엄격해 보여서 앞으로 어떤 일이 펼쳐질지 두려웠다. 무거운 시선으로 호텔을 올려다보는데 누군가 어깨를 쳤다.

"어이! 오늘부터 일하기로 했다며?"

고개를 돌리자 어제 커피를 준비하는 그에게 각설탕 두 개를 가져가라고 알려 줬던 보이가 보였다. 배정근이 고개를 끄덕거리자 보이가 손을 내밀었다.

"만나서 반가워. 내 이름은 황만덕이야."

살짝 거뭇한 콧수염에 광대뼈가 뾰족하게 튀어나온 황만덕은 배정근보다 나이가 한두 살 많아 보였다. 고개를 기울인 채 배정근을 바라보던 그가 물었다.

"무슨 띠야?"

"요, 용띠."

배정근의 대답을 들은 황만덕이 손가락을 꼽다가 입을 열었다.

"올해 열여섯이구나. 난 호랑이띠야. 너보다 두 살 많으니까 형이라고 불러."

"응."

"손탁 여사님이 나보고 널 가르치라고 해서 기다리는 중이었어. 앞으로 네가 살 곳은 저기야."

고개를 돌린 황만덕이 입구 옆에 있는 작은 기와 건물을 손가락으로 가리켰다. 옆쪽으로 난 문으로 손탁호텔에서 일하는 보이들이 하나둘씩 모습을 드러냈다. 다들 배정근처럼 10대 중반에서 후반쯤으로 보였다.

"손탁 여사는 나이 든 보이들을 싫어해. 그래서 우리같이 어린 보이들만 있지. 나도 내년쯤에는 나가라고 할 걸."

"왜 어린 보이들만 쓰는 거야?"

"그건 말이야. 손탁 여사가 우리같이 어린 보이들의 정기를 빨아들여서 젊음을 유지하기 때문이지. 그래서 쉰이 넘었는데도 팔팔하잖아. 너도 조만간 2층에 있는 손탁 여사 방으로 들어가게 될 거야."

농담인지 진담인지 모를 얘기를 한 황만덕이 누런 이를 드러내며 웃었다. 그러고는 배정근의 팔을 잡아끌었다.

"할 일을 알려 줄게. 어서 따라와."

황만덕이 배정근을 데리고 간 곳은 호텔의 뒤편이었다. 허리 높이의 나무 울타리가 쭉 이어졌고, 그 뒤로는 한성의 성곽이 보였다. 그리고 성곽과 손탁호텔 사이에 벽돌로 만든 서양식 건물이 보였다. 손탁호텔과 같은 2층이었지만 한쪽에 망루처럼 탑이 세워져 있는 데다가 지붕이 심하게 기울어져 있어서 더 높아 보였다. 배정근이 눈을 떼지 못하는 걸 본 황만덕이 피식 웃으면서 말했다.

"법국(프랑스) 공사관이야. 법어학교 다녔다면서 한 번도 못 본 거야?"

법어학교를 다닌 지 몇 달 되지 않았다는 말은 차마 하지 못했다. 둘러댈 말을 찾던 배정근은 때마침 법국 공사관 2층에서 담배를 피우던 서양인을 가리켰다.

"누가 담배를 피우고 있어서."

"법국 공사관 서기야. 매일 이 시간에 저기서 담배를 피우지. 그래서 우린 저 양인을 두 시라고 불러."

우쭐한 표정으로 얘기한 황만덕이 배정근에게 호텔 뒤편에 붙은 작은 창고를 보여 줬다.

"여기가 석탄 창고야. 우리 호텔은 장작이 아니라 석탄으로 난방을 하거든."

"그 석탄을 보관하는 곳?"

"맞아. 왜국에서 들여오는 거라서 많이 비싸거든. 도둑들도 종종 석탄을 노릴 때가 있어서 잘 보관해야 해."

가까이 다가가자 창고의 철문에 자물쇠가 채워져 있는 게 보였다. 철문 양옆에 난 작은 창문에도 모두 쇠창살이 붙어 있었다. 황만덕이 주머니에서 열쇠 뭉치를 꺼내서 흔들었다.

"석탄이라는 놈은 조금만 관리를 잘못해도 망가지거든. 그래서 매일 확인해 봐야 해. 저 옆에도 창고 보이지? 저건 서양 음식에 들어가는 재료들이랑 서양 술을 보관하는 곳이야. 저긴 손탁 여사가 직접 관리해서 우리도 못 들어가."

창고에 관한 설명을 끝낸 황만덕이 배정근을 데리고 현관으로 향했다. 손탁호텔 옆에는 2층과 연결된 철제 계단이 보였다. 계단이 끝나는 2층에는 작은 창문이 달린 문이 붙어 있었다.

"저긴 손탁 여사님의 방이랑 연결된 문이야. 저기도 열쇠는 손탁 여사님만 가지고 있으니까 올라가 봤자 소용없어."

현관에서는 아까 봤던 보이 중 한 명이 빗자루로 주변을 쓸고 있었다. 그 옆을 지나 안으로 들어가자 어제 봤던 풍경들이 보였다. 상들리에가 있는 1층 한가운데 선 황만덕이 십자 형태로 갈라진 복도에 선 채 사방으로 손가락질을 했다.

"현관으로 들어와서 왼쪽에 있는 방은 식당이야. 여기서 매일 아침 일곱 시랑 낮 열두 시, 오후 여섯 시에 손님들이 모여서 식사를 해. 세 시에는 티타임이 있는데 그건 2층 살롱에서 해. 따라와 봐."

배정근은 황만덕을 따라 식당으로 들어갔다. 번쩍거리는 나무에 가죽으로 뒤덮인 의자들이 커다란 테이블 주변에 가지런히 놓여 있었다. 보이들이 테이블과 의자를 마른 수건으로 열심히 닦는 중이었고, 다른 보이들은 아침 식사를 했던 접시들을 치우는 중이었다. 밖으로 가지고 나가는 줄 알았는데 한쪽 벽에 있는 벽장에 차곡차곡 쌓았다. 뭔가 하고 바라보는데 갑자기 벽이 확 열렸다. 흠칫 놀란 배정근을 본 황만덕이 혀를 찼다.

"놀라기는, 주방이 지하에 있어서 덤웨이터로 내릴 거야."

"덤웨이터?"

"따라와 봐."

바깥의 복도로 나오자 그릇을 쌓아 둔 벽장 앞의 문이 열려 있는 것이 보였다. 거기서 꺼내진 그릇들은 바로 옆에 있는 또 다른 벽장 같은 곳으로 옮겨졌다. 그냥 벽이 움푹 들어간 것처럼 보였는데 그릇을 쌓은 보이가 드리워진 밧줄을 잡아당기자 쑥 하고 아래로 내려가 버렸다. 놀라서 입을 다물지 못한 배정근이 황만덕에게 물었다.

"어떻게 아래로 내려간 거야?"

"도르래로 내리는 거야. 그건 아래층에서 보고 일단 이쪽으로 따라와 봐. 응접실 보여 줄게."

식당 건너편 응접실도 비슷한 분위기였다. 테이블이 있는 자리에 낯선 것이 있다는 것을 제외하고는 말이다.

"저건 다마쓰키(당구)야."

"다마쓰키?"

"옥돌이라고 부르기도 하지. 외국 사람들은 환장하도록 좋아해서 매일 밤 여기서 술을 마시면서 놀곤 해. 보이들 중에도 몇 명은 제법 쳐."

가운데 옥돌이 있는 응접실은 벽 쪽에 책장이 있고, 창가 쪽으로 의자가 몇 개 놓여 있었다. 한쪽에는 벽돌로 만든 벽난로도 보였다. 식당과 응접실이 있는 복도 맞은편은 방들이 쭉 이어져 있었다.

"여긴 1층 객실이야. 오는 손님들 중에서 별 볼 일 없는 사람들이 머무는 곳이지. 그렇다고 해도 객실마다 화장실이랑 욕실이 있어서 대한문 앞에 있는 센트럴호텔이나 서대문정거장에 있는 스테이션호텔이랑은 차원이 다른 곳이라고."

침을 튀기며 설명한 황만덕은 배정근에게 따라오라는 손짓을 하며 지하로 내려갔다. 뒷문 옆으로 난 좁은 계단을 따라 아래로 내려가자 시큼한 냄새와 함께 시끄러운 소리가 들렸다. 계단이 끝나고 오른쪽에 커다란 공간이 나왔다. 벽 한쪽에는 덤웨이터가 있었고, 타일로 붙여서 만든 싱크대가 벽을 따라 쭉 이어졌다. 팔을 걷어붙인 보이들이 덤웨이터에 실려 온 그릇들을 깨끗하게 씻는 중이었다. 그 광경을 지켜보던 배정근에게 황만덕이 말했다.

"여기서 그릇이랑 식사에 썼던 것들을 씻어. 주방은 뒤쪽이고. 여기서 만든 음식들을 덤웨이터로 올리는 거야."

"저쪽은?"

맞은편에는 커다란 원통이 놓인 공간이 보였다.

"세탁실이야. 커튼이랑 테이블보, 침대 시트 들을 저기 넣은 다음에 세제를 넣어서 세탁하는 거야. 가끔 투숙객들이 셔츠랑 바지를 맡길 때도 있지. 뒤쪽은 식자재랑 그릇 들을 보관하는 창고랑 요리사들이 쉬는 방이 있어."

지하도 1층처럼 복도를 중심으로 방들이 있는 형태였다. 뒤쪽으로는 1층으로 올라가는 작은 계단이 보였다. 위치를 보아하니 1층 뒤쪽에 있는 두 개의 창고 사이였다. 지하를 둘러본 두 사람은 2층으로 올라갔다. 시끌벅적했던 1층이나 지하와는 달리 2층은 조용했다. 깔려 있는 카펫이 워낙 두툼하기도 했거니와 아래층에서 느껴지는 소란스러움이 사라졌기 때문이었다. 앞장선 황만덕이 뒤따라 올라온 배정근에게 말했다.

"여긴 좀 달라. 정면은 커피를 마시는 살롱이고, 왼쪽 끝은 손탁 여사님이 쓰시는 방이야."

"나머지는?"

"여긴 1층이랑 다르게 귀빈들만 머무는 곳이야. 그래서 방도 1층보다 크고 넓어. 양쪽 복도에 두 개씩, 그리고 살롱 오른쪽에 하나가 전부야. 손탁 여사님 방은 절대 들어가면 안 되니까 부르기 전에는 얼씬도 하지 마."

황만덕이 겁을 주는 바람에 배정근은 그쪽을 살짝 쳐다보는 것으로 끝냈다. 살롱의 창문을 통해 눈부시게 쏟아져 들어오는 빛을 잠시 만끽하던 그에게 황만덕이 말했다.

"우리 호텔은 한성 시내에 있는 다른 호텔들과는 다른 곳이야. 다른 곳은 호텔로 들어와서 돈을 내고 투숙하겠다고 하면 방 열쇠를 내주지만 우린 그러지 않거든."

"그럼?"

배정근의 반문에 황만덕이 답답하다는 표정을 지었다.

"사람들이 우리 호텔을 괜히 손탁빈관이라고 부르겠어? 여긴 여, 영빈관* 같은 곳이야. 우리나라를 찾아온 국빈들만 이곳에 머물 수 있다 이 말이야."

"아하."

배정근이 놀랍다는 표정을 짓자 황만덕이 손가락을 꼽아 가면서 얘기했다.

"이등박문 통감은 물론이고 미리견(미국)과 영길리(영국) 공사도 밥 먹듯이 드나들어. 게다가 어제 봤듯이 무슨 대신이니 하는 분들도 자주 드나든다고. 너 손탁 여사가 어떤 분인지 알아?"

"대, 대충은."

"대충 알면 어떡해! 설명해 줄 테니까 똑바로 들어. 손탁 여사는 20여 년 전에 아라사 공사인 위패(韋貝)**와 함께 여기에 오셨어. 그리고 곧바로 황실의 총애를 받아서 서양 예법과 음식을 전담하는 서양전례관이라는 직책을 맡으셨고."

"응."

배정근은 설명을 놓치지 않으려고 집중했다.

"돌아가신 명성황후의 총애를 받으셨고, 황제 폐하께서 아라사 공사관으로 파천하셨던 아관파천 때는 옆에서 모시면서 신임을 받았다고 하셨어. 그래서 나중에 환궁하신 황제 폐하께서 이 땅을 내려 주셔서 호텔을 짓게 했던 거란 말이야. 지금도 매일 궁궐에

*　외국에서 온 사절들이 머물도록 만든 숙소.
**　러시아 공사인 베베르의 한자 이름.

들어가시고, 연회가 있으면 그걸 총괄하신다고, 그래서 웬만한 대신들은 손탁 여사 앞에서 큰소리도 못 친다는 거야. 얼마나 대단한 분인지 알겠어?"

배정근이 고개를 끄덕거리자 침을 튀기면서 설명하던 황만덕이 덧붙였다.

"그러니까 똑바로 하지 않으면 여기서 못 버텨. 손탁 여사님은 엄청 엄격한 분이라 사소한 실수도 용납하지 않거든. 며칠 전에도 포크를 잃어버린 보이가 해고당했어. 넌 그 자리에 들어온 거고. 무슨 얘긴지 알겠지?"

배정근을 바라보던 황만덕이 한쪽 눈을 찡그리며 덧붙였다.

"네 형이 시위대 참위라고 뻐길 생각은 하지 마. 여긴 손탁호텔이니까."

손탁호텔이라고 힘주어 말한 황만덕의 말에 배정근은 가벼운 한숨과 함께 고개를 끄덕거렸다. 그것으로 손탁호텔 보이 배정근의 삶이 시작되었다.

한문 선생이 문밖에서 큰 헛기침 소리를 내자 교실에 있던 여학생들이 일제히 고개를 돌리거나 숙였다. '드르륵'거리며 문이 열리고 의자에 앉는 소리가 들린 후에 다시 헛기침 소리가 들리자 여학생들은 칠판 쪽을 바라봤다. 칠판 앞에는 한문 선생의 뒤통수가 보였다. 한문 선생이 책을 펼치는 소리 사이로 교실 중간에 있는 난로에서 장작이 타들어 가는 소리가 들렸다. 한문 선생의 얼굴은 보이지 않았지만 한복에 상투를 틀고 있어서 나이가 제법 들었다는 것을 알 수 있었다. 이화학당의 수업은 교장인 스크랜턴 여사를 비롯해서 여자 교사들이 맡았다. 하지만 한문만큼은 가르칠 만한 여자 교사가 없었다. 결국 한문을 잘 아는 훈장 출신의 남자를 데려왔는데, 문제는 수많은 여학생들과 마주 본 채 수업을 할 수 없었다는 점이었다. 그렇다고 장막을 칠 수도 없는 노릇이라 결국 칠판 쪽을 보면서 수업을 하는 방식을 택했다. 그래서 한문 선생의 목소리를 들으려면 저절로 몸을 앞으로 숙여야만 했다. 아버지에게 끌려갈 뻔했던 소동을 겪고 난 이후 이복림은 더더욱 수업에 열중했다. 그래서 지긋지긋한 아버지의 손에서 벗어나 박에스더처럼 미리견으로 유학을 가서 의사가 되어 돌아오고 싶었다. 그러기 위해서는 공부에 열중해야만 했다. 이를 악문 이복림은 한문 선생이 칠판에 써 준 한문을 또박또박 읽었다. 미친 듯이 지루하고 졸렸지만 이번 시간만 넘기면 다음은 가장 좋아하는 체조 시간이었다. 이복림은 남은 힘을 쥐어짜서 한문 선생이 가르쳐 주는 천자문을 따라 읽었다.

"하늘 천 땅 지…."

지루한 수업 시간이 끝나자 한문 선생이 의자에서 일어나면서 헛기침을 했다. 그러자 여학생들은 일제히 고개를 숙이거나 돌렸다. 고개를 푹 숙이고 있던 이복림은 문이 닫히는 소리가 들리자 고개를 들었다. 다른 친구들이 수다를 떨면서 얘기를 나누는 동안 이복림은 멍한 눈으로 창밖을 바라봤다. 때마침 집에 가는 학생이 제복을 입은 이화학당 직원의 등에 업혀서 나가는 게 보였다. 여학생들은 모두 기숙사에 머물러야 하는데 간혹 집에 가야 할 경우가 생기면 학당 직원이 업거나 함께 갔다가 돌아왔다. 집에서 여학생이 이화학당으로 돌아가는 걸 막는 경우가 종종 벌어졌기 때문에 고민하던 스크랜턴 여사가 짜낸 묘안이었다. 수다를 떨던 친구들이 하나둘씩 교실 밖으로 나가는 걸 보고 이복림도 따라서 일어났다. 뒷문으로 나가려던 이복림은 문 앞을 막아선 그림자를 보고는 흠칫 놀랐다. 지난번처럼 아버지가 또 찾아온 줄 알고 놀란 것이다. 고개를 든 그녀가 입을 열었다.

"큰아버지?"

"복림이구나. 잘 지내고 있었느냐?"

히죽 웃는 큰아버지를 본 이복림은 안도의 한숨을 내쉬었다. 하지만 곧바로 불안감이 엄습해 왔다. 얼마 전에 왔던 아버지의 부탁으로 자신을 끌고 가려고 왔을지도 몰랐기 때문이다. 이복림의 걱정을 눈치챘는지 두툼한 목도리를 두른 양복 차림의 큰아버지가 너털웃음을 지었다.

"탁지부에 일이 있어서 왔다가 네 생각이 나서 잠깐 들렀다. 날이 좋은데 잠깐 산책이나 하겠느냐?"

기쁜 얼굴로 고개를 끄덕거린 이복림은 큰아버지의 뒤를 따랐다. 고집스럽고 고리타분한 아버지와는 달리 큰아버지는 외국 문물을 낯설어 하지 않았다. 게다가 쾌활하고 활달한 성격이라서 어릴 때는 큰아버지와 아버지가 바뀌었으면 하는 꿈을 꾸기도 했었다. 학당을 나온 큰아버지가 성벽이 보이는 뒤쪽 정원으로 걸었다. 나무 울타리 건너편에 손탁호텔이 보였고, 그 너머로 법국 공사관의 뾰족한 첨탑이 보였다. 담배를 꺼내서 피워 문 큰아버지가 천천히 걸으면서 말했다. 늘 긴 장죽을 고집하는 아버지와는 다른 면모였다. 담배 연기를 한 모금 뱉어 낸 큰아버지가 말했다.

"장죽은 사랑방에 앉아서 피울 때나 쓸모가 있다. 게다가 누가 옆에서 불을 붙여 주지 않으면 제대로 피울 수도 없지. 지금처럼 바쁜 시대에는 이렇게 잎담배를 만 궐련이 최고지."

"아버지는 체통을 지켜야 한다고 하셨어요."

"그놈의 체통을 지키느라 나라가 이 모양이 되고 말았지."

큰아버지가 따로 얘기하지는 않았지만 말끝마다 체통과 체면을 강조하는 이복림의 아버지는 정작 서자였다. 하지만 적자였던 큰아버지가 강력하게 주장해서 집안에서 별다른 차별이나 냉대를 받지 않았다. 큰아버지는 반대하는 집안 어른들에게 세상이 변하고 있는데 언제까지 옛날 전통을 고집할 것이냐고 호통을 쳤다. 그때부터 큰아버지는 이복림의 영웅이었다. 관리로 일하는 큰아버지는 늘 나라 걱정을 했다. 몇 걸음 앞서 가던 큰아버지가 얘기했다.

"네 아버지한테 얘기를 들었다. 얼마 전에 찾아왔을 때 교장실로 도망가서 못 데려왔다고 말이다."

"저는 절대로 아버지한테 돌아가지 않을 거예요. 절대로요."

"걱정 마라. 널 데려가려고 온 게 아니니까."

"정말이요?"

눈빛을 반짝거린 이복림을 바라본 큰아버지가 가볍게 고개를 끄덕거렸다.

"안 그래도 찾아와서 자기 대신 널 데려와 달라고 부탁하더구나. 그래서 딱 잘라서 거절했다. 아무리 자기 자식이라고 해도 공부하겠다는 마음을 막으면 안 된다고 했지."

"고맙습니다. 큰아버지."

"따끔하게 혼냈다. 세상이 바뀌고 있고 눈만 뜨면 새로운 문물들이 들어오고 있는데 언제까지 고리타분하게 남자, 여자를 구분하며 살 거냐고 말이다. 앞으로 네 아버지는 여기 찾아오지 않을 게다."

큰아버지의 얘기를 들은 이복림의 눈에 눈물이 핑 감돌았다. 그녀가 울 기미를 보이자 큰아버지가 자상한 목소리로 말했다.

"세상일이라는 게 자기 뜻대로 하기가 쉽지 않은 법이란다. 그러니 꾹 참고 견뎌서 나라에 큰 보탬이 되는 사람이 되어야 한다."

"고맙습니다. 큰아버지. 열심히 공부해서 박에스더 같은 여의사가 될 겁니다."

이복림의 얘기를 들은 큰아버지가 활짝 웃으면서 대답했다.

"그래야지. 나라의 큰 보탬이 되고 가문에도 영광스러운 일이 될 거다."

담배를 마저 피운 큰아버지가 돌아서자 이복림은 배웅을 하기 위해서 뒤따라갔다. 앞장서 걷던 큰아버지가 2층의 교장실을 힐끔 바라봤다.

"스크랜턴 여사는 어떠니?"

"좋은 분이십니다. 저를 잘 돌봐 주셨어요."

"그렇겠지. 참, 부탁이 하나 있는데 들어줄 수 있겠니?"

"그럼요."

이복림이 고개를 끄덕거리자 큰아버지가 걸음을 멈추고 입을 열었다.

"다음에 올 때 스크랜턴 여사랑 저 옆에 있는 손탁호텔의 손탁 여사가 무슨 일을 하고 누구랑 만나는지 알려 줄 수 있겠느냐?"

"알겠어요. 그런데 왜요?"

"외국인들이 나라에 중요한 일을 하니까 평소에 동정을 알아 놔야지. 그래야 나중에 그들과 만나서 얘기를 할 때 미리 대처를 할 수 있거든."

큰아버지의 설명을 들은 이복림이 고개를 끄덕거렸다.

"이 학교를 계속 다니게 해 주셨으니 그 정도는 당연히 도와드려야죠."

"고맙다."

흡족한 미소를 지은 큰아버지가 교문 밖으로 나섰다. 멀어져 가는 큰아버지를 향해 고개를 숙인 이복림은 체조를 시작하는 친구들에게 뛰어갔다. 추위 때문에 코끝이 얼어붙는 느낌이었지만 상관없었다. 앞으로는 따뜻한 봄날이 펼쳐질 게 분명했기 때문이다.

해를 넘기고 봄이 찾아왔다. 배정근은 일을 한 지 석 달이 지나면서 서서히 일에 적응해 나갔다. 추운 겨울이 지나고 봄이 찾아오자 흙만 남아 있던 정원에도 이름 모를 꽃들이 피어났다. 호텔에서의 일과는 한시도 쉴 틈이 없었다. 아침에 눈을 뜨면 곧바로 호텔에 가서 일을 시작해야만 했고, 저녁 먹는 일을 마치고 나서야 겨우 한숨을 돌릴 수 있었다. 저녁을 먹은 후에도 일은 끝나지 않았다. 세탁부터 방을 치우는 일까지 호텔에서의 일과는 쉼 없이 돌아갔다. 그나마 한숨을 돌릴 수 있었던 것은 식당에서 손님들의 식탁을 준비하는 일이었다. 덤웨이터로 지하에서 올라온 서양 음식들을 식당의 테이블에 올려놓고 나이프와 포크 들을 세팅하는 일은 힘을 쓸 필요가 없었기 때문이다. 하지만 배정근에게는 여전히 낯설고 힘든 일이었다. 그가 방금 놓은 나이프와 포크를 본 황만덕이 손가락을 까닥거려서 부른 다음에 귀를 잡아당겼다.

"이 멍청아! 내가 나이프는 왼쪽, 포크는 오른쪽이라고 했지! 그리고 물 잔을 왜 이렇게 놔!"

침을 튀기면서 떠드는 황만덕에게 귀를 붙잡힌 배정근은 아픔을 참으면서 미안하다고 말했다.

"똑바로 해!"

황만덕의 으름장에 배정근은 눈물을 참으면서 고개를 끄덕거렸다. 귀를 놓은 황만덕이 거드름을 피우면서 돌아섰다. 처음에 잘해 줬던 것은 속임수였다. 곧 본색을 드러냈는데, 알고 보니까 보이들에게 저승사자라는 별명으로 불릴 정도로 악랄하고 혹독했다. 하지만 성격이 워낙 드세고 거친 데다가 손탁 여사에게는 깍듯하게 대해서 신임을 받았기 때문에 아무도 건드리지 못했다. 다른 보이들도 정도의 차이만 있을 뿐 이런저런 트집을 잡아서 괴롭히기는 마찬가지였다. 손탁 여사는 황실의 서양전례관이라는 직책에 있었기 때문에 수시로 길 건너편에 있는 경운궁에 드나들었다. 따라서 그녀가 없는 동안은 보이들이 호텔을 책임졌다. 황만덕의 말대로 잘 훈련된 보이들은 손탁 여사의 지시가 없이도 착착 일을 진행했다. 지배인 역할을 하는 어른이 있긴 했지만 보이들은 딱히 그를 따르거나 좋아하지 않았다. 호텔에서 손탁 여사의 일과는 늘 비슷했다. 아침에 일어나서 커피와 삶은 달걀로 배를 채우고 호텔 안팎을 꼼꼼하게 살폈다. 오전에는 방에서 서류를 작성하거나 책을 읽었다. 궁궐에 들어가지 않는 날이면 투숙객들의 식사도 직접 챙겼다. 젊은 외국인 외교관이나 사업가에게 다정하게 말을 붙여서 타향에서의 외로움을 달래 주기도 했다. 특히 2층 투숙객은 직접 챙기는 경우가 많았다. 점심이 되면 호텔을 한 바퀴 돌면서 점검을 했는데, 이때 손님과 이런저런 얘기를 나누기도 했다. 조선에 오랫동안 머물렀던 외국인들과도 교류를 가졌다. 그중에는 배정근이 알 만한 사람들도 있었다. 《대한매일신보》의 발행인인 영길리 사람 배설*이나 미리견 선교사 헐버트도 종종 들렀다. 두 사람이 오면 손탁 여사는 2층의 자기 방으로 가서 문을 닫고 얘기를 나누곤 했다. 궁궐에서도 자주 찾아왔는데, 주로 궁내부** 예식과장인 고희경이 왔다. 손탁 여사가 궁궐에서 열리는 연회나 예식을 총괄하는 직책도 겸했기 때문이다.

　호텔에 투숙하거나 커피를 마시러 온 서양 손님들 중 일부는 손탁 여사를 통해 황실과 줄을 대려고 했다. 하지만 손탁 여사는 그런 사람들을 쉽게 구분해 냈고, 냉대와 모욕으로 쫓아내 버렸다. 배정근은 손탁 여사가 얼굴에 표정을 드러내는 것을 결코 본 적이 없었다. 보이들은 찔러도 피 한 방울 안 나올 것이라고 수군거리면서 두려워하다가도 칭찬 한 마디나 눈길 한 번에 열광했다. 지하의 싱크대에서 손님들이 먹은 식기를 씻고 있던 배정근은 황만덕이 계단을 내려오는 모습을 보고는 가슴이 덜컥 내려앉았다. 또 무슨

---

* 《대한매일신보》를 발행한 영국 출신의 언론인인 베델의 한국 이름.
** 　왕실 관련 일을 맡아보던 관아.

트집을 잡혀서 꾸중을 들을까 겁이 났던 것이다. 하지만 무표정한 얼굴로 다가온 황만덕이 그의 어깨를 치면서 말했다.

"네 형 왔다. 뒤뜰로 가 봐."

그제야 활짝 웃은 배정근은 벽에 걸린 천에 물 묻은 손을 쓱쓱 닦고는 계단을 뛰어올라 갔다. 뒤뜰로 나가자 뒷짐을 진 채 법국 공사관 쪽을 바라보던 형의 늠름한 뒷모습이 보였다. 법국 공사관 2층에는 매일 오후 두 시에 나와서 담배를 피우는 법국 공사관 서기가 난간에 기댄 채 이쪽을 내려다보고 있었다.

"형!"

배정근이 한걸음에 뛰어가자 돌아선 형이 활짝 웃어 보였다.

"지낼 만하니?"

뒤뜰의 나무 그루터기에 걸터앉은 배정근은 따스한 형의 물음에 고개를 끄덕거렸다.

"먹는 것도 맛있고, 일도 재미있어요."

"고될 줄 알았는데 다행이다. 여기서 몇 년 동안 서양의 법도와 예절을 잘 배우면 도움이 될 거다."

"그럴게요. 형은 요즘 어때요?"

"시위대 제1연대 1대대에 배속되었다. 대대장이신 박승환 참령께서 잘 봐주셔서 편하게 지내고 있다."

"그럼 황제 폐하도 자주 보겠네요!"

"가끔 오셔서 사열을 하신단다."

"와!"

배정근이 감탄사를 날리자 형은 장난스럽게 머리를 헝클어 버리고는 품에서 누런 종이봉투를 꺼냈다.

"지난번에 진고개에서 찍은 사진이다."

봉투를 열고 안에 든 사진을 꺼낸 배정근은 활짝 웃고 있는 형과 어색하게 웃는 자기 모습을 들여다봤다.

"힘들어도 잘 참고 견뎌라. 좀만 지나면 우리 형제가 같이 지낼 수 있을 거다."

"알았어."

"그래. 너만 믿는다."

얘기를 마친 형이 떠나고 배정근은 남겨진 사진을 한동안 들여다보다가 품에 넣었다. 그리고 고개를 들었을 때 법국 공사관 2층에서 담배를 피우던 서기의 모습이 보이지 않았다. 벌써 들어갔나 싶었는데 허리를 굽혀서 뭔가를 집어 들었는지 난간 위로 다시 모습이 보였다. 형이 떠나고 배정근은 호텔로 돌아갔다. 시위대 참위인 형이 왔다 가면 황만덕이나 다른 보이들의 괴롭힘이 덜했기 때문에 한결 홀가분했다. 뒷문을 통해 지하로 내려가려고 하는데 손님들의 점심 식사 식탁을 치운 보이들이 나무 울타리에 모여서 시시덕거리는 게 보였다. 뭔가 하고 다가가자 고개를 돌린 황만덕이 히죽 웃었다.

"어이, 신참. 너도 이리 와 봐."

자리를 비켜 준 황만덕의 손짓에 그쪽으로 간 배정근은 나무 울타리 너머의 이화학당을 바라봤다. 메인 홀 앞 운동장에서 붉은색 저고리와 치마를 입은 여학생들이 체조를 하는 게 보였다. 두 팔과 두 다리를 벌리고 몸을 움직이는 걸 본 보이들이 시시덕거리면서 흉내를 냈다. 배정근은 보이들의 웃음소리를 들은 여학생들이 이쪽을 바라보는 것을 보고는 불안한 기분이 들어서 빠져나가고 싶었다. 황만덕도 나무 울타리에 턱을 괸 채 바라보다가 대놓고 들으라는 듯 큰 소리로 말했다.

"아무리 세상이 바뀐다고 해도 다 큰 처녀들이 저게 뭔 짓이야!"

생각보다 큰 소리가 나자 나무 울타리에 붙어 있던 보이들이 움찔했다. 게다가 이화학당의 여학생들도 더 이상 참지 못하겠다는 듯 체조를 멈추고 이쪽을 바라봤다. 그러고는 하나둘씩 메인 홀 안으로 들어갔다. 맨 마지막으로 들어가던 여학생이 이쪽을 바라보고는 주먹을 불끈 치켜들었다. 그걸 본 보이들은 하나둘씩 자리를 떴다. 큰 소리를 쳐서 문제를 일으켰던 황만덕도 바닥에 침을 뱉고는 호텔로 돌아갔다. 배정근은 불안함과 미안한 마음을 담아서 여학생들이 사라진 메인 홀을 바라봤다.

다음 날, 우려했던 대로 일이 터지고 말았다. 이화학당의 교장 스크랜턴 여사가 여학생 한 명과 함께 손탁호텔로 찾아온 것이다. 스크랜턴 여사는 손탁 여사보다 나이가 더 많았다. 2층에 있는 손탁 여사의 방에서 둘이 한참 얘기를 나누는 동안 동행한 이화학당의 여학생은 쓰개치마를 머리에 쓴 채 조용히 뜰에서 기다렸다. 보이들은 이리저리 피해 다니면서도 여학생들을 엿보느라 정신이 없었다. 별로 찔리는 게 없었던 배정근만 조용히 할 일을 했다. 얘기를 마친 스크랜턴 여사가 나와서 같이 온 여학생들과 응접실로 들어갔다. 손탁 여사는 보이들을 한 명씩 방으로 불러들였다. 자기들끼리 한참 수군거리던 보이들이 한 명씩 불려 들어갔다가 나왔다. 배정근도 긴장했지만 손탁 여사가 부르지 않았다. 면담이 끝나고 손탁 여사는 보이들과 스크랜턴 여사, 그리고 같이 온 여학생을 모두 2층의 살롱으로 불러들였다. 설거지를 마무리하느라 뒤늦게 올라간 배정근이 들어서자 먼저 들어와 있던 보이들이 그를 응시했다. 여학생은 스크랜턴 여사 뒤에서 조용히 눈을 내리깔고 있었다. 낯선 분위기에 놀란 배정근이 눈만 깜빡거리자 손탁 여사가 제일 앞에 있던 황만덕에게 물었다.

"방금 한 얘기가 사실이니?"

"네. 여사님."

낮은 한숨을 쉰 손탁 여사가 조용히 말했다.

"정근아. 앞으로 오너라."

영문을 알 수 없었던 배정근은 보이들이 옆으로 물러나면서 터 준 공간으로 걸어 나갔다. 그가 앞에 서자 손탁 여사가 엄한 표정으로 물었다.

"이화학당의 스크랜턴 교장이 찾아와서 우리 호텔의 보이들이 체조를 하는 여학생들을 보면서 무례하고 상스러운 짓을 했다고 하더구나."

마른침을 삼킨 배정근은 먼저 와 있던 보이들을 바라봤다. 뭔가를 감추고 있는 것 같은 보이들의 표정이 마치 높은 담벼락처럼 느껴졌다.

"저, 그게…."

"다른 보이들은 네가 그런 얘기를 했다고 하던데 사실이냐?"

뜻밖의 얘기를 듣고 놀란 배정근은 입을 다물지 못했다. 그래서 그가 들어섰을 때 다들 애매한 표정을 지었던 것 같았다. 당황한 배정근은 제대로 대답하지 못했다.

"그러니까, 저는…."

"네 형이 특별히 부탁을 해서 받아들였는데 실망이 크다. 우리 호텔이 어떤 곳인지는 너도 잘 알고 있으리라 믿는다."

"뒤늦게 가서 구경을 하긴 했지만 아주 잠깐이었습니다. 그리고 저는 그곳에서 한 마디도 하지 않았고요."

뒤늦게 말문이 터진 배정근이 말하자 손탁 여사는 뒤쪽에 있던 황만덕에게 시선을 돌렸다.

"만덕아. 네가 봤다고 했지?"

"네. 저뿐만 아니라 다른 보이들도 다 봤습니다. 정근이가 나무 울타리에 매달려서 학당의 여학생들이 체조를 한다고 다른 보이들을 불렀고, 큰 소리로 상스러운 욕도 했습니다."

어이가 없어진 배정근이 고개를 돌려 쏘아봤지만 황만덕은 태연한 표정으로 바라봤다. 손탁 여사가 다른 보이들에게 묻자 다들 비슷한 대답을 해서 배정근은 궁지에 몰렸다. 일이 곤란하게 되자 제일 늦게 들어온 자신을 희생양으로 삼기로 모의한 거라는 생각이 들었다. 하지만 이렇게 다들 말을 맞춰 버리면 진실을 밝힐 수 없었다. 억울함에 못 이겨 눈을 질끈 감고 있던 배정근은 속으로 천천히 당시의 일을 떠올려 봤다. 자신이 아무 잘못이 없다는 것을 밝히려면 황만덕을 비롯한 다른 보이들이 손탁 여사에게 했던 얘기가 사실이 아니라는 걸 증명해야만 했다. 하지만 사건이 벌어졌을 당시에는 황만덕과 다른 보이들밖에는 없었다. 체조를 하던 이화학당 학생들도 멀리 떨어져 있었기 때문에 보이들이 누군지 분간을 하지 못했을 것이었다. 이런저런 생각을 하던 배정근은 갑자기 눈을 번쩍 떴다.

"저는 그때 형님이랑 같이 호텔의 뒤뜰에 있었습니다. 형님이 제 억울함을 밝혀 줄 겁니다."

배정근의 얘기가 끝나기가 무섭게 황만덕이 나섰다.

"네 형이야 당연히 동생 편을 들지 않겠어?"

"우리 형은 그럴 사람이 아니야!"

"아니긴, 그리고 네 형은 두 시가 되기 전에 떠났어. 여학생들이 체조를 한 건 한 시 40분부터였고 말이야."

반박을 하려던 배정근은 형이 떠날 때 시간을 확인하지 않았다는 사실을 깨닫고는 아랫입술을 깨물었다. 형이야 같이 있었다고 얘기하겠지만 몇 시라고 정확하게 얘기해 줄 수는 없었다. 손탁 여사가 여전히 침묵을 지키는 가운데 황만덕이 고개를 절레절레 흔들었다.

"처음에는 불쌍한 척하더니 이제는 거짓말까지 아무렇지도 않게 하는구나. 이런 애를 우리 호텔에 놔둘 수는 없습니다. 여사님."

황만덕의 얘기에 다른 보이들이 맞장구를 치면서 살롱 안의 분위기가 술렁거렸다. 마침내 손탁 여사가 입을 열었다.

"짐을 싸서 이곳을 나가거라."

손탁 여사의 얘기를 듣고 넋이 나간 배정근에게 보이들이 다가와 밖으로 끌고 나가려고 했다. 그때 배정근이 외쳤다.

"두 시!"

"두 시라니?"

손탁 여사의 반문에 보이들의 손을 뿌리친 배정근이 말했다.

"호텔 뒤쪽 법국 공사관의 서기가 매일 두 시에 2층에서 담배를 피웁니다. 그걸 보고 형을 배웅했으니까 전 두 시 이전에는 나무 울타리에서 이화학당을 볼 수 없었습니다."

배정근의 말에 황만덕이 떨떠름한 표정으로 대꾸했다.

"법국 공사관의 서기가 매일 두 시에 2층에서 담배를 피우는 건 우리 호텔에서 일하는 보이들은 다 아는 사실이야. 보지 않고도 얘기할 수 있다고."

"그렇지. 그런데 그날은 그 서기가 뭘 떨어뜨렸는지 허리를 굽혔다가 폈어."

황만덕에게 응수한 배정근이 손탁 여사에게 말했다.

"법국 공사관의 서기에게 확인하면 제 얘기가 사실이라는 걸 아실 수 있을 겁니다."

"귀찮게 그러실 필요 없습니다. 여사님."

황만덕이 얼른 끼어들었지만 손탁 여사는 손을 들어서 조용하라는 손짓을 했다. 골똘히 생각하던 손탁 여사가 입을 열었다. 스크랜턴 여사가 궁금한 표정으로 바라보자 여학생이 조용히 영어로 상황을 설명하는 게 보였다. 짧은 침묵이 흐른 후 손탁 여사가 입을 열었다.

"일단 확인해 보겠다. 하지만 스크랜턴 여사 말로는 우리 호텔 보이들이 상스러운 말을 한 것이 두 시가 좀 넘었을 때라고 했다. 그러니까 현장에는 있었다는 말이 되지 않느냐?"

"길어 봤자 2~3분입니다. 그리고 이화학당 여학생에게 확인해 보면 아시겠지만 제가 제일 나중까지 남아 있었습니다. 제가 이상한 소리를 해서 여학생들이 반응을 보였다면 먼저 도망쳤을 겁니다."

"네가 제일 마지막까지 남아 있다는 걸 어떻게 증명할 수 있느냐?"

잠시 고민하던 배정근이 대답했다.

"메인 홀로 마지막에 들어가던 여학생이 저를 향해 주먹을 치켜 들었습니다."

배정근의 얘기를 들은 손탁 여사가 스크랜턴 여사를 바라봤다. 스크랜턴 여사가 대답을 하려는 찰나 뒤에 서 있던 여학생이 배정 근을 바라보면서 입을 열었다.

"제가 똑똑히 봤습니다. 저 사람이 마지막까지 있었습니다."

"그것도 확인해 보마. 이제 다들 돌아가서 할 일들을 해라."

한시름 놓은 배정근은 고개를 숙이고 돌아섰다. 황만덕이 사나 운 눈길로 쏘아봤지만 꿀릴 게 없던 배정근도 지지 않고 노려봤다. 그때 코끝이 살짝 얽어서 곰보라는 별명이 붙은 보이가 조심스럽 게 털어놨다.

"저, 여사님. 정근이 얘기가 사실입니다."

그러자 다른 보이들도 하나둘씩 같은 얘기를 했다. 황만덕은 파 랗게 질린 표정으로 아니라고 했지만 이미 늦고 말았다. 보이들의 얘기를 들은 손탁 여사는 황만덕만 밖으로 나가라고 지시했다. 그 리고 배정근에게 말했다.

"테라스에 홍차와 과자가 있다. 그곳에 가서 잠깐 쉬고 있어라."

테라스로 향한 배정근은 난간에 기댄 채 거친 한숨을 토해 냈 다. 하마터면 누명을 쓰고 쫓겨날 뻔한 순간이 눈앞에서 스쳐 지나 갔던 것이다. 만약 이곳에서 쫓겨난다면 형에게 큰 실망을 안겨 주는 것은 물론이고, 시골에 내려가서 친척들과 지내야만 하는 최악의 상황에 처할 뻔했다. 떨리는 손으로 홍차 잔을 든 배정근은 간신히 한 모금을 마시고는 쏟아지는 눈물을 참지 못했다. 잠시 후, 뒤에서 손탁 여사의 헛기침 소리가 들렸다. 얼른 돌아본 그가 손등으로 눈물을 닦자 손탁 여사가 하얀색 손수건을 건넸다.

"법국 공사관의 서기를 만나서 확인을 해 보겠지만 일단 성급하게 너를 쫓아내려고 했던 것은 사과하마."

얼음장 같던 손탁 여사의 입에서 사과한다는 얘기가 나오자 배정근은 더 서러워지고 말았다. 배정근이 손수건으로 얼굴을 가린 채 엉엉 울자 손탁 여사는 조용히 돌아서서 보이들에게 다 나가라는 손짓을 했다. 그러고는 살롱의 문을 닫고 밖으로 나갔다. 테라스에 쪼그리고 앉은 배정근은 손수건이 푹 젖을 정도로 눈물을 쏟았다. 스크랜턴 여사가 여학생과 함께 현관 밖으로 나오다가 그 모습을 보고는 발걸음을 멈췄다. 그리고 옆에 있던 여학생에게 뭔가 말을 건넸다. 얘기를 들은 여학생이 테라스에서 울고 있는 배정근을 올려다보면서 외쳤다.

"선(善)을 행하다가 피곤하여도 낙심치 아니하면 때가 이르면 거두리라."

배정근이 바라보자 여학생이 말했다.

"성경 갈라디아서 6장 9절에 나오는 말이에요. 착하게 살면 반드시 하느님의 보답을 받으실 거라고 교장 선생님이 들려주셨어요."

온화한 표정으로 올려다보던 스크랜턴 여사가 살짝 눈인사를 하고는 돌아섰다. 여학생도 활짝 웃는 표정을 지었다. 기분이 한결 나아진 배정근이 외쳤다.

"고마워요. 근데 이름이 뭐예요?"

잠시 주저하던 그녀가 말했다.

"이복림이에요."

기분이 누그러진 배정근이 대답했다.

"잘 가요."

보이들이 이구동성으로 진실을 털어놓자 손탁 여사는 당장 황만덕을 쫓아냈다. 그리고 황만덕의 꾐에 빠져서 배정근에게 누명을 씌웠던 보이들을 불러다가 엄하게 혼을 냈다. 그 일 이후 배정근은 괴롭힘을 당하지 않았다. 잘못 건드렸다가 어떻게 될지 아무도 몰랐기 때문이다. 달라진 보이들의 태도에 쓴웃음을 지은 배정근은 묵묵히 일에 열중했다. 소동이 벌어지고 며칠 후, 배정근은 손탁 여사의 호출을 받았다. 2층의 방으로 올라가자 이화학당의 교장인 스크랜턴 여사와 붉은색 치마저고리 차림의 이복림이 와 있었다. 움찔한 배정근에게 손탁 여사가 부드러운 미소를 지었다.

"법국 공사관의 마르텔 서기관을 만났다. 며칠 전에 2층에서 담배를 피우다가 담뱃갑을 떨어뜨려서 주운 적이 있다고 하더구나."

며칠 동안 혹시나 하고 조마조마했던 배정근은 안도의 한숨을 내쉬었다. 애써 침착함을 유지하는 그에게 손탁 여사가 말했다.

"그런 상황에 처하면 당황해서 제대로 말을 못 했을 텐데 끝까지 침착하게 잘 얘기해 줬구나."

"형이 급할수록 침착하라고 얘기해 줬습니다."

"그렇구나. 이제 내려가서 보이들을 모두 현관 앞에 집합시켜라."

"알겠습니다. 여사님."

손탁 여사에게 공손하게 인사를 한 배정근은 스크랜턴 여사에게도 고개를 숙여서 인사를 했다. 그리고 자신을 곤경에서 벗어나게 해 준 이복림에게 살짝 웃어 보였다. 그러자 쑥스러운 듯 V 표정을 지은 이복림이 시선을 살짝 돌렸다. 문을 닫고 1층으로 내려간 그는 곰보에게 말했다.

"여사님이 다들 현관에 모이래."

"알았어."

곰보가 보이들을 부르러 지하로 내려간 사이 배정근은 현관에 서서 바깥을 바라봤다. 이제부터 평온한 일상이 찾아오는 것인지 궁금해졌다. 생각에 잠겨 있던 그는 뒤쪽에서 계단을 밟는 소리에 퍼뜩 정신을 차렸다. 손탁 여사가 내려오는 줄 알았지만 나타난 것은 스크랜턴 여사와 이복림이었다. 앞장선 스크랜턴 여사가 온화한 표정으로 살짝 고개를 숙였다. 옆으로 물러난 배정근도 가볍게 눈인사를 하면서 웃었다. 뒤따라 나오던 이복림에게도 같은 식으로 인사를 했다. 그러자 주저하던 이복림이 살짝 눈을 맞추고는 밖으로 나갔다. 알 수 없는 두근거림을 가슴에 품은 채 멀어져 가는 두 사람을 바라보던 배정근은 등 뒤에서 들리는 손탁 여사의 헛기침 소리에 얼른 고개를 돌렸다. 배정근을 비롯한 보이들이 모두 모이자 두 손을 모은 손탁 여사가 헛기침을 했다.

"내일 이토 통감이 베푸는 연회가 열릴 예정이다. 조정의 고관들은 물론이고, 외국 공사들도 빠짐없이 참석하는 중요한 연회니까 다들 각별히 준비해야 한다."

긴장한 보이들이 고개를 끄덕거리자 손탁 여사가 각자 할 일을 지시했다. 늘 지하에서 설거지를 하거나 테이블에 세팅만 하던 배정근에게는 식탁에서 서빙을 하라는 지시가 떨어졌다. 일일이 일을 지시한 손탁 여사가 덧붙였다.

"이번 연회에는 외교관들의 부인도 참석할 예정이다. 특별히 그들과 얘기를 나눌 수 있도록 외국어를 잘하는 이화학당의 여학생들을 몇 명 불렀다."

얼마 전의 사건을 떠올린 보이들이 술렁거리자 손탁 여사가 조용히 하라는 손짓을 했다.

"지난번 일에 대해서 화해하는 의미이기도 하고, 바로 옆에 있는데 그동안 너무 교류가 없었기 때문에 서로 알아 가는 시간을 갖는 것도 좋을 것 같아서 제안했다. 그러니 너무 호들갑 떨거나 피하지 말고 잘 대해 주어라."

몇 가지 지시를 더 내린 손탁 여사가 돌아서자 보이들도 흩어졌다. 그 즈음, 손탁호텔의 문이 열리고 누군가 들어섰다. 검정색 양복에 중절모 차림의 조선 사람이었다. 양복을 입기는 했지만 한눈에 봐도 어색해 보였고, 한 손에는 곰방대를 쥔 걸 보면 어설픈 시골뜨기 양반이 분명했다. 거뭇한 콧수염에 짙은 눈썹, 넓적한 얼굴을 한 손님은 손탁 여사와 보이들이 모여 있는 모습을 보고는 당황한 눈치였다. 문을 열고 들어온 손님이 머뭇거리는 모습을 본 보이들 중 곰보가 나섰다. 간혹 손탁호텔이 좋다는 소문만 듣고 무작정 투숙하겠다고 찾아오는 손님들이 종종 있었기 때문이다.

"어떻게 오셨습니까?"

"여, 여기가 손탁호텔이오? 한양 구경을 하러 올라왔는데 좋다고 해서 찾아왔소이다."

손님의 얘기를 들은 보이들 사이에서는 아무것도 모르고 찾아온 시골뜨기에 대한 잔잔한 비웃음이 감돌았다. 맨 처음 말을 건넨 곰보가 나서서 말했다.

"여긴 호텔이 아니라 빈관입니다. 조정의 추천장이나 허락이 없으면 머물 수 없는 곳입니다."

"아! 맞다. 추천장인지 뭔지를 가져가야 한다고 해서 받아왔네."

시골뜨기 손님은 꽉 끼는 조끼 주머니에서 꼬깃꼬깃 접힌 종이를 꺼내서 곰보에게 건넸다. 넘겨받은 종이를 펼친 곰보는 심상치 않은 표정으로 돌아서서는 손탁 여사에게 다가갔다. 목에 걸고 있던 모노클*을 한쪽 눈에 낀 손탁 여사가 종이를 천천히 들여다봤다. 그러고는 배정근에게 지시했다.

"손님을 202호실로 안내해 드려라."

그녀의 말에 배정근을 비롯한 보이들은 떨떠름한 표정을 지었다. 2층은 손탁호텔 손님들 중에서도 귀빈들만 들어올 수 있는 곳이었다. 그런데 어색한 양복 차림의 조선인에게 2층의 방을 내주라는 얘기를 한 것이다. 손탁 여사는 특유의 무표정한 얼굴로 별다른 설명 없이 돌아섰다. 보이들이 술렁거리는 가운데 배정근이 손님 앞으로 다가갔다.

"어서 오십시오. 제가 방으로 안내해 드리겠습니다."

"앞장서거라."

"그 전에 숙박부를 기재하셔야 합니다. 잠깐 저를 따라오시지요."

눈치 빠른 곰보가 숙박부를 가지고 응접실로 들어섰다. 사실 이곳에 오는 손님들의 대부분은 신원이 확실하기 때문에 숙박부를 쓸 필요가 없지만 여러모로 이상했기 때문에 숙박부를 적기로 한 것이다. 응접실 의자에 앉은 손님은 배정근이 건넨 만년필을 어색하게 쥐고는 숙박부에 한자로 적었다. 숙박부를 훔쳐본 배정근은 손님의 이름이 박석천이라는 사실을 알게 되었다. 나이는 40세, 옥천이 고향이었다. 대체 누구의 추천으로 왔는지는 모르겠지만 손

---

*   한쪽 눈에만 끼우는 외알 안경.

탁호텔에 머물 만한 사람은 아니었다. 숙박부 작성을 마친 박석천이 헛기침을 하자 배정근은 얼른 만년필을 챙겼다.

"가져온 짐은 없으십니까?"

"밖에 인력거에 있네."

숙박부까지 쓰자 여유가 생겼는지 박석천의 말투가 느긋해졌다. 곰보와 다른 보이들이 밖으로 나가는 것을 본 배정근은 박석천을 2층으로 안내했다. 박석천은 더위를 느끼는지 중절모를 벗어서 부채질을 하며 뒤따라 올라왔다.

"한성 제일이라고 하더니 과연 대단하군."

2층으로 올라간 배정근은 202호로 향했다. 문을 열고 안으로 들어간 그가 옆으로 물러나자 뒤따라 들어온 박석천도 안으로 들어섰다. 침대와 테이블, 욕실이 있는 객실 안을 둘러본 박석천의 입이 다물어지지 않았다.

"양인들이 사는 방이 이렇게 생겼군."

"저쪽은 잠을 자는 침대입니다. 이불보와 시트는 매일 세탁을 해서 바꿔 드리고 있습니다. 창문은 바깥으로 열 수 있으니까 살짝 미시면 됩니다. 이쪽은 차를 마시는 테이블입니다."

"이건 뭔가?"

박석천이 문 옆에 놓인 욕조를 신기한 눈으로 바라봤다. 대부분의 조선 사람들이 욕조를 본 적이 없었기 때문에 신기해 하는 것도 무리는 아니었다.

"몸을 씻을 때 쓰는 욕조입니다. 말씀을 하시면 저희가 뜨거운 물을 받아다가 여기서 씻으실 수 있도록 해 드립니다."

"거참, 신기하군."

벽에 붙어 있는 가스등을 한참 들여다보는 박석천을 바라보는 사이 보이들이 낑낑거리면서 짐을 들고 올라왔다. 구석에 짐을 놓은 보이들이 조심스럽게 나가는 것을 본 배정근이 박석천에게 말했다.

"아침은 일곱 시, 점심은 열두 시, 저녁은 여섯 시입니다. 1층 식당으로 오시면 됩니다. 티타임은 오후 세 시에 이 방 맞은편 살롱입니다."

"나는 여기저기 돌아다닐 걸세. 게다가 양인들이랑 한자리에서 식사를 하다니, 가당치도 않은 일이지. 암."

헛기침을 한 박석천을 속으로 비웃은 배정근이 조심스럽게 말했다.

"인력거를 쓰신다고 미리 말씀해 주시면 불러다 드리겠습니다."

"조선 사람은 두 발로 걸어야지. 내가 알아서 할 테니 걱정 말게."

"알겠습니다."

간혹 투숙하는 조선 사람들은 어떻게든 양인들과 어울리거나 말을 붙이려고 애를 썼던 것과 다른 모습이었다. 여러모로 신경 쓰이는 손님이라고 속으로 생각한 배정근은 편히 쉬라는 인사를 하고는 문을 닫고 밖으로 나왔다. 조심스럽게 문을 닫고 돌아선 배정근은 복도 어딘가에서 서둘러 문을 닫는 소리를 들었다. 보이들은 절대로 소리를 내지 말라고 교육을 받았기 때문에 손님이 닫은 게 분명했다. 그런데 뭔가에 쫓기듯 서둘러 닫는 느낌이 들었다. 고개를 갸웃거린 배정근은 침묵에 싸인 2층 복도를 살펴봤다. 배정근은 계단을 밟고 서둘러 아래층으로 내려갔다. 연회를 준비하려면 이것저것 할 게 많았기 때문이다.

연회는 해가 떨어질 무렵인 저녁 여섯 시부터 시작되었다. 경무청의 경무관이 순검들을 데리고 주변에 진을 친 가운데 인력거와 마차 들이 하나둘씩 도착하기 시작했다. 손탁호텔의 정문에는 가스등이 환하게 불을 밝히고 있었고, 현관과 뜰에는 꽃을 장식해서 손님들을 맞이했다. 손탁 여사는 풍성한 은색 드레스를 입고 화장을 한 채 현관에서 손님들을 기다렸다. 시간이 가까워지면서 참석자들이 하나둘씩 모습을 드러냈다. 참석자들 중에는 지난번 봤던 이완용도 포함되어 있었다. 그중 압권은 역시 이토 히로부미 통감이었다. 네 마리의 말이 끄는 마차에서 내린 이토 통감은 검정색 연미복에 실크해트* 차림이었다. 60대 중반이라는 나이에 걸맞게 하얀 수염이 풍성하고 백발이 성성했지만 눈빛만큼은 호랑이처럼 날카로웠다. 일본의 초대 총리대신이자 귀족원 초대 의장, 그리고

---

* 남자가 쓰는 정장용 서양 모자.

지금은 대한제국의 외교권을 감독하는 통감부*의 초대 통감이라는 어마어마한 경력의 소유자였다. 그 때문인지 뜰에 삼삼오오 모여서 잡담을 나누던 대한제국의 관리들이 일제히 그에게 몰려들었다. 미국 공사를 중심으로 한쪽 구석에서 속닥거리고 있던 외국 공사들도 현관으로 다가가는 그와 가볍게 인사를 나눴다. 현관에 서 있던 손탁 여사는 가볍게 무릎을 굽혀서 서양 예법대로 인사를 했다. 머리에 쓰고 있던 실크해트를 살짝 벗는 것으로 답례를 한 이토 통감이 현관에 서서 잠시 담소를 나눴다. 만면에 웃음을 띤 손탁 여사가 옆으로 물러나 안쪽으로 들어가라고 정중하게 손짓을 했다. 여유롭게 고개를 끄덕거린 이토 통감이 보이들이 깔아 놓은 붉은색 카펫을 밟고 2층으로 올라갔다.

이토 통감이 올라가는 것을 본 손탁 여사가 눈짓을 하자 현관 주변에 도열해 있던 보이들도 서둘러 움직였다. 지하의 주방에서 만든 음식들을 서둘러 올려야만 했다. 1층 식당으로는 덤웨이터로 올릴 수 있었지만 2층 살롱으로 올리려면 지하의 뒷문을 통해 계단으로 올리는 게 더 빨랐다. 게다가 중앙 계단과 복도는 손님들이 오가야 하기 때문에 손탁 여사의 방과 붙어 있는 철제 계단을 이용해야만 했다. 김이 모락모락 피어나는 스테이크가 담긴 접시를 넘겨받은 배정근은 철제 계단을 올라갔다. 미리 열린 문을 통해 손

---

* 일제가 침략을 준비하기 위해, 1905년부터 1910년까지 서울에 둔 관청.

탁 여사의 방을 거쳐 복도로 나갔다. 손님들이 얘기를 주고받는 소리 사이로 콜롬비아 축음기에서 틀어 놓은 서양 음악이 흘러나왔다. 이토 통감이 좋아한다는 서반아(에스파냐) 가수의 노래였다. 복도에 줄줄이 서 있던 보이들이 음식이 담긴 접시들을 살롱 안으로 옮겼다. 살롱은 가스등을 환하게 켜 놓고 테라스는 꽃으로 장식해 놨다. 길게 이어 붙인 테이블에는 이토 통감을 비롯한 참석자들이 자리를 잡고 앉아 있었다. 보이들이 바쁘게 돌아다니면서 셰리와인*을 주었다. 배정근은 조심스럽게 이토 통감의 앞자리에 스테이크가 든 접시를 놨다. 그리고 곰보에게 넘겨받은 스프 접시도 내려놨다. 한 치의 오차도 없이 제대로 접시를 내려놓은 배정근은 곧장 구석 테이블에 놓인 포트와인**의 코르크 마개를 뽑았다. 그 뒤로 보이들이 줄줄이 음식을 가지고 들어오면서 연회가 시작되었다.

이토 통감은 외국 공사들과는 영어로 대화를 나눴고, 대한제국의 대신들과는 통역을 통해서 일본어로 대화를 나눴다. 배정근의 눈에는 이토 통감의 말 한 마디 한 마디에 귀를 기울이는 대한제국 대신들의 모습이 가소롭게 보였다. 식사가 끝나고 후식이 나오자 배정근은 재빨리 포트와인을 손님들에게 따랐다. 한참 얘기를 나누던 이토 통감이 별안간 의자에서 몸을 일으켰다. 그러자 살롱

* 포르투갈산 와인이 발효한 후에 브랜디를 섞은 술.
** 포르투갈산 와인이 발효하는 중에 브랜디를 섞은 술.

안엔 침묵이 흘렀다. 한 손에 와인 잔을 든 이토 통감이 말했다.

"이 자리에 참석해 주신 모든 분들에게 진심으로 감사드립니다. 조슈번의 이름 없는 농사꾼의 자식으로 태어나서 존왕양이의 기치를 높이 치켜든 지 어언 40년이 지났소이다. 그동안 우리 일본은 동아시아를 지키는 버팀목이 되어서 양이들을 무찔렀소이다."

분명히 재작년의 러일전쟁을 의미하는 말이었다. 손님들이 모두 동의한다는 표정으로 고개를 끄덕거리는 것을 본 이토 통감의 얘기가 이어졌다.

"조선은 오랜 세월 동안 당쟁으로 인해 피폐해졌소. 그래서 종주국 청나라의 위협을 받았다가, 부동항을 손에 넣으려고 하는 아라사가 호시탐탐 조선을 노렸소. 우리 일본은 군대를 출병시켜서 청과 아라사를 물리쳤고, 조선을 보호하기 위해 최선을 다했소이다. 그러니 일본의 이러한 마음을 여러분이 잘 알아주었으면 하는 바람입니다."

이토 통감의 연설이 끝나자 대한제국의 대신들이 일제히 박수를 쳤다. 재작년에 어떤 일이 벌어졌는지 뻔히 알고 있던 배정근은 작게 한숨을 쉬었다. 이토 통감의 연설이 끝나자 대신들 중 한 명이 일어났다.

"중추원* 고문 박제순올시다. 이토 통감의 말을 들으니 참으로

---

* 대한제국 시기 의정부에 속한 자문 기관. 일제강점 이후 조선총독부에 속하게 된다.

감격해서 한 마디 안 할 수가 없습니다. 조선은 오랫동안 중국의 간섭과 당쟁으로 인해 피폐해질 대로 피폐해졌습니다. 만약 일본의 보호가 없었더라면 조선의 운명은 바람 앞의 등불처럼 위태로웠을 것입니다."

격정에 찬 박제순의 연설을 듣던 배정근은 더 이상 견디지 못하고 밖으로 나왔다. 포트와인까지 따라 줬으니 다른 보이들에게 맡겨도 상관없을 것 같았다. 복도로 나와 창밖을 바라보자 뒤뜰에 외국 공사들의 부인과 이화학당의 여학생 들이 모여서 얘기를 나누는 게 보였다. 여학생들 중에 이복림이 있는 것을 본 배정근은 계단을 내려갔다. 때마침 간식인 과자 상자를 가지고 가던 보이가 보였다. 배정근은 자기가 가져다주겠다고 눈짓을 하고는 과자 상자를 넘겨받았다. 배정근이 다가가는 걸 눈치채지 못한 이복림이 영어로 공사 부인들에게 얘기하는 소리가 들렸다.

"우리는 독립국이었고, 앞으로도 독립국이어야만 합니다. 청나라나 아라사, 일본 모두 이 땅에 탐을 내고 있지만 민중들이 가만있지 않을 겁니다."

열변을 토하는 이복림의 모습을 보고 빙그레 웃은 배정근은 조심스럽게 헛기침을 하고는 과자를 권했다. 이복림에게는 특별히 맛있는 과자를 권했지만 연설을 방해받았다고 생각했는지 표정이 좋지 못했다. 배정근은 그런 이복림에게 조심스럽게 속삭였다.

"검정색 제복을 입은 순검들이 오는지 잘 살펴봐요. 간혹 왜놈들 앞잡이가 있어서 고해바치는 놈들이 있으니까요."

놀란 표정의 이복림이 대답했다.

"고마워요."

"지난번에 날 도와줬잖아요."

따뜻한 미소와 함께 얘기한 배정근의 말에 이복림이 가볍게 고
개를 끄덕거렸다.

"가 볼 테니까 수고해요. 동갑인 거 같으니까 다음에 만나면 말
놔요."

"알았어요."

이복림의 대답을 들은 배정근은 싱긋 웃으면서 부인들에게도
과자를 돌렸다. 그리고 빈 상자를 들고 호텔로 돌아왔다가 계단을
내려오는 보이들과 마주쳤다.

"왜 다 내려오는 거야?"

배정근의 물음에 곰보가 툴툴거렸다.

"다 나가라고 해서. 나라를 팔아먹을 궁리를 하나 봐."

"손탁 여사님은?"

"이토 통감이 할 얘기가 있다고 해서 안에 남아 계셔. 문도 안에
서 잠가 버린 거 보니까 엄청 중요한 얘기인가 봐."

연회 막바지에 자기들끼리 얘기를 나누기 위해서 종종 보이들
을 내보내는 경우가 있었기 때문에 특별히 이상한 일은 아니었다.
긴장이 풀린 보이들은 담배를 피우러 가거나 지하로 내려가서 남

은 술과 음식으로 배를 채우기 위해 흩어졌다. 딱히 할 일이 없어진 배정근도 호텔 주변을 어슬렁거렸다. 손탁 여사의 방과 연결된 철제 계단이 있는 쪽으로 갔던 그는 2층의 문이 살짝 열려 있는 것을 봤다. 손탁 여사가 보면 잔소리를 할까 봐 얼른 올라가서 문을 닫았다. 그런데 반대편 복도와 통하는 문이 삐걱거리는 소리가 들렸다. 이상한 낌새를 챈 그는 조심스럽게 방 안으로 들어갔다. 해가 떨어진 탓에 방 안은 어두웠지만 뜰과 복도에 켜 놓은 가스등 덕분에 어렴풋하게나마 보였다. 방 안을 가로질러 간 배정근은 복도로 통하는 문이 살짝 열려 있는 걸 느꼈다. 복도엔 아무도 없었지만 방금 전까지 누군가 있었던 것 같은 느낌이 들었다. 복도에는 굳게 닫힌 살롱의 문 너머에서 새어나오는 웃음소리가 울려 퍼졌다. 복도 중간에 서서 계단 아래를 내려다보자 검정색 차림의 순검들이 보였다. 그중 한 명이 인기척을 느꼈는지 위쪽을 올려다봤다. 배정근이 얼른 물었다.

"방금 전에 여기 내려간 사람 없었습니까?"

"아까 너희 보이들 내려오고 없었어. 너도 얼른 내려와라."

손사래를 친 순검의 말에 배정근은 다시 복도를 바라봤다. 손탁 여사와 손님 모두 살롱 안에 있었고, 보이들은 모두 아래층으로 내려갔다. 따라서 이후에 2층에 남아 있을 수 있는 사람은 살롱에 있던 손님들과 방에 머무는 투숙객들뿐이었다. 그들 중에 누군가가 손탁 여사의 방에 침입했다는 것을 의미했다. 누가 손탁 여사의 방에 들어갔던 것일까? 고민에 잠겨 있던 그에게 순검이 소리쳤다.

"얼른 내려오라니까!"

"네."

잽싸게 대답한 배정근은 계단을 내려왔다. 그리고 이화학당이 보이는 나무 울타리에 모여서 담배를 피우는 보이들에게 갔다. 손님에게 팁으로 받은 궐련을 피우던 곰보가 고개를 돌렸다.

"한 대 피울래?"

"괜찮아. 2층에 투숙객이 누구누구 있지?"

"어제 온 시골뜨기 박석천이라는 양반이랑, 제물포에서 출장 온 우선회사 직원 오일규 씨, 그리고 나머지 한 명은 일본인 사업가 나카무라 씨. 근데 왜?"

곰보의 물음에 배정근은 고개를 저었다.

"아, 아니야."

손탁 여사의 방에 들어온 게 누구인지, 그리고 들어온 게 맞는지조차 확실하지 않기 때문에 일단 입을 다물기로 했다. 그러는 사이 손탁호텔의 2층 살롱에서는 커다란 웃음소리가 들려왔다. 연회는 밤 열 시가 되어서야 끝이 났다. 와인에 취한 손님들이 하인들의 부축을 받으며 호텔을 떠났다. 마지막으로 호텔을 나선 이토 통감은 현관까지 배웅을 나온 손탁 여사와 얘기를 몇 마디 나누고는 돌아섰다. 먼발치에서 지켜보던 배정근은 잠깐이지만 손탁 여사의 표정이 어두워진 것을 똑똑히 봤다.

사라진
손탁 여사

연회가 끝난 다음 날, 손탁 여사의 모습이 보이지 않았다. 배정근은 처음에는 다들 궁궐에 간 줄 알고 대수롭지 않게 생각했다. 하지만 그다음 날, 궁궐에서 궁내부 예식과장인 고희경이 찾아오면서 그녀의 실종이 밝혀졌다. 갈색 양복에 머리에는 포마드*를 잔뜩 발라서 넘긴 30대 중반의 고희경은 현관에 들어서자마자 지나가는 배정근에게 말했다.

　"여사님은 어디 계시냐?"

　"궁궐에 계신 거 아닙니까?"

　"사흘 후에 연회가 있는데 코빼기도 안 비춰서 직접 찾아왔단

---

*　주로 남자들이 머리에 바르는 기름.

말이야."

버럭 소리를 지른 고희경이 계단을 성큼성큼 올라갔다. 분위기가 심상치 않다는 것을 느낀 배정근도 서둘러 뒤따라갔다. 복도 끝에 있는 손탁 여사의 방으로 걸어간 고희경은 거칠게 문을 두드렸다. 그러다가 뒤따라온 배정근에게 말했다.

"언제부터 모습이 안 보였던 거냐?"

"이틀 전에 이토 통감이 주최한 연회가 끝나고부터 안 보였습니다."

배정근의 대답을 들은 고희경은 다시 손탁 여사의 방문을 두드렸다. 보다 못한 배정근이 말했다.

"바깥의 계단 쪽문에 창이 달려 있습니다. 거기로 안을 볼 수 있습니다."

"진작 얘기하지."

툴툴거린 고희경이 배정근을 따라 아래층으로 내려왔다. 호텔 옆을 돌아서 철제 계단으로 올라간 배정근을 뒤따라온 고희경이 문에 달린 창문에 눈을 바짝 들이대고 안쪽을 살폈다. 그러다가 인상을 찡그린 채 배정근에게 물었다.

"안에 아무도 없구나. 그러니까 이틀 전부터 안 보였다 이거지?"

"네. 보통 때에도 바쁘시면 자리를 자주 비우셔서 이상하게 생각하지는 않았습니다."

물론 이상한 점은 있었다. 궁궐 일로 자리를 자주 비우기는 했어도 틈만 나면 호텔로 돌아와서 손님들과 차를 마시거나 얘기를 나눴는데 이번에는 아예 발길을 끊은 것이다. 하지만 꺼림칙한 기분이 들어서 고희경에게 털어놓지는 않았다.

"거참, 괴이하구나. 이런 적은 한 번도 없었는데 말이야."

고개를 갸웃거린 고희경은 계단을 내려가서 다른 보이들에게 손탁 여사의 행방을 물었다. 하지만 다들 배정근과 비슷한 대답을 하자 낙담한 표정으로 그는 손탁호텔을 빠져나갔다. 그가 나간 후에 보이들이 현관 주변에 모였다. 곰보가 걱정스러운 말투로 얘기했다.

"진짜 아무도 못 봤어?"

손탁 여사가 사라지면서 벌어진 소동은 오후 늦게 막을 내렸다. 혹시나 하고 정문의 우편함에 가 봤던 곰보가 편지지 한 장을 흔들면서 외쳤다.

"여기 손탁 여사님이 쓴 편지가 있어."

우르르 몰려든 보이들이 편지를 들여다봤다. 반으로 접은 편지지는 평소에 손탁 여사가 쓰던 것이었다. 무슨 내용이냐는 주변의 채근에 곰보가 편지를 읽었다.

"갑작스럽게 처리할 일이 생겨서 청도*에 잠시 다녀오겠다. 급

---

* 칭다오. 중국 산둥성의 도시. 19세기 후반, 독일이 조차해서 사용했다.

한 일은 센트럴호텔의 보에르 씨와 의논해서 처리해라. 가급적 빠른 시일 안에 돌아오겠다."

보이들은 안도의 한숨을 쉬었다. 아울러 손탁 여사가 당분간 안 돌아온다는 사실까지 확인하자 은근히 좋아하는 눈치였다. 하지만 배정근은 뭔가 이상함을 느끼고 곰보에게 물었다.

"좀 이상하지 않아?"

"뭐가? 이건 손탁 여사 글씨가 맞아."

"그게 아니라 이렇게 호텔을 내팽개치고 떠날 분이 아니잖아. 보니까 궁궐에서도 모르는 것 같던데."

배정근의 물음에 곰보가 고개를 갸웃거렸다. 그때 등 뒤에서 낯익은 목소리가 들렸다.

"청도에 별장이 있거든."

얼마 전에 호텔에서 쫓겨난 황만덕이 정문에 기댄 채 대답한 것이다. 놀란 배정근의 얼굴을 본 황만덕이 히죽 웃었다.

"왜? 내가 못 올 데라도 왔나?"

"넌 쫓겨났어. 여사님이 알면 가만 안 둘 걸?"

배정근의 대답에 황만덕이 쏘아붙였다.

"그깟 서양 할망구가 날 어쩌지는 못해. 그리고 할망구를 믿고 까분 너도 무사하지 못할 거고 말이야."

저도 모르게 움찔한 배정근을 본 황만덕이 발밑에 침을 뱉었다.

"할망구한테 전해. 이대로 끝내지 않을 거라고 말이야."

곰보를 비롯한 동료 보이들을 쏘아본 황만덕이 바지 주머니에 손을 찔러 넣은 채 등을 돌리고 사라졌다. 그의 등장으로 인해서 잠시 분위기가 어수선해졌지만 곧 가라앉았다. 하지만 배정근은 손탁 여사의 갑작스러운 부재와 그 이전에 벌어진 일들이 자꾸만 마음에 걸렸다. 고민에 빠져 있던 그는 접시를 들고 지하에서 올라온 곰보와 마주쳤다.

"손탁 여사님 방 청소 당번이 누구지?"

"나야. 왜?"

"방에 한 번만 들어가 볼 테니까 열쇠 좀 줘."

배정근의 얘기를 들은 곰보가 고개를 저었다.

"여사님이 알면 불호령이 떨어질 거야. 그런 거 싫어하는 거 알잖아."

"아무래도 뭔가 이상하잖아."

"그래도…."

배정근의 말에 곰보가 주저하는 눈빛을 보였다.

"우리 둘만 입 다물고 있으면 아무도 모를 거야."

"알았어. 그런데 손탁 여사 방엔 왜 들어가려고 하는데?"

곰보의 물음에 배정근은 대수롭지 않다는 듯 대꾸했다.

"확인해 볼 게 하나 있어. 잠깐만 보면 돼."

"알겠어. 이따가 저녁 먹을 때 살짝 건네줄게. 그 대신 절대 비밀이다."

"물론이지. 걱정 마."

일을 마치고 저녁 식사를 하는 자리에서 곰보가 테이블 밑으로 열쇠를 건넸다. 한쪽 눈을 찡긋한 곰보에게 배정근도 염려 말라는 표정으로 고개를 끄덕거렸다. 식사를 끝내고 다들 숙소로 돌아가는 것을 기다린 배정근은 조심스럽게 2층으로 향했다. 열쇠로 문을 열고 들어가자 주인이 없는 텅 빈 방이 그를 맞이했다. 벽에 붙은 가스등에 불을 붙인 배정근은 혹시나 바깥에서 이상하게 생각할까 봐 커튼을 치고 방 안을 천천히 살폈다. 방 안 가운데 커다란 책상이 있고, 구석에 침대와 욕조, 그리고 옷장이 있었다. 이 방을 청소하는 일은 아주 간단하다고 곰보가 얘기했다. 침대 시트를 갈고 휴지통만 비우면 되었다. 하지만 하루에 두 번씩 드나들어야 했고, 조금이라도 흐트러진 게 있으면 불호령이 떨어졌기 때문에 다들 기피하는 일이었다. 가스등의 불빛에 의지한 채 방 안을 살피던 배정근은 책상으로 다가갔다. 커다란 마호가니로 만든 책상은 꽤 튼튼해 보였다. 의자 역시 바닥과 등받이에 쿠션이 들어가 있어서 푹신하면서도 묵직했다. 책상에는 성경과 법어로 된 책 몇 권이 쌓여 있었고, 그 옆에는 만년필과 잉크, 깃털 모양의 봉투칼이 가죽으로 만든 받침대 위에 나란히 놓여 있었다. 심호흡을 한 그는 조심스럽게 책상 서랍을 열었다. 다른 칸들은 열쇠로 잠갔는지 열리지 않았지만 제일 위의 칸은 열렸다. 서랍 안에는 칼로 봉투를 뜯은 편지들과 아직 부치지 못한 편지들이 들어 있었다. 그중 하나를 조심스럽게 꺼낸 배정근은 편지를 들여다보고는 중얼거렸다.

"달라."

손탁 여사가 정문의 우편함에 남겨 놓은 편지지와 평소에 쓰던 편지지가 확연히 달랐다. 혹시나 하는 마음에 다른 편지지들을 꺼내 봤지만 모두 똑같았다. 그러니까 손탁 여사는 갑자기 사라지면서 평소에 쓰지 않던 편지지에 글을 남겨서 보이에게 맡기거나 방에 놔두지 않고 정문의 우편함에 넣어 둔 것이다. 마치 뭔가를 감추거나 숨기는 것처럼 말이다. 편지를 남긴 것은 본인의 뜻이 아닐 수도 있었다. 날이 밝는 대로 마지막으로 확인하기로 한 배정근은 편지들을 넣고 조용히 서랍을 닫았다. 가스등의 불을 끈 배정근은 조용히 밖으로 나온 다음에 열쇠로 문을 잠갔다.

다음 날 낮, 손님들의 점심 서빙을 마친 배정근은 곰보에게 잠깐 외출하겠다고 말하고는 손탁호텔을 나섰다. 그가 향한 곳은 경운궁의 대한문* 바로 옆에 있는 센트럴호텔이었다. 원래는 팔레호텔이었는데 재작년에 큰 화재가 나고 1년 넘게 문을 닫았다가 보에르 씨가 인수를 하고 재개장을 하면서 이름을 바꾼 것이다. 벽돌로 만든 2층 호텔이고 궁궐 바로 앞이라 위치는 좋았지만 목욕 시설이 형편없고, 난방이 제대로 되지 않아서 여러모로 손탁호텔에

---

* 원래 명칭은 대안문이었지만 1906년 수리를 하고 난 후 대한문으로 바꿔 불렀다.

밀렸다. 손탁 여사는 간혹 처치 곤란한 손님들을 이곳으로 보내곤 했는데 보에르 씨는 속내를 아는지 모르는지 대단히 감사해 했다.

센트럴호텔로 들어선 배정근은 때마침 뒤편 주방에서 나오는 보에르와 마주쳤다. 꽉 끼는 조끼에 두 손을 찔러 넣은 보에르는 와인이라도 마셨는지 얼굴이 붉었다. 꾸벅 인사를 한 배정근은 그에게 다가가 법어로 물었다.

"손탁 여사님이 호텔에 급한 일이 생기면 보에르 씨와 상의하라고 해서 찾아왔습니다."

"뭐라고?"

키가 작고 뚱뚱한 보에르는 코가 막혔는지 맹맹한 목소리로 물었다.

"여사님이 청도에 급한 일이 있어서 호텔을 비우셨습니다. 그러면서 급한 일이 생기면 상의하라고 해서 찾아온 겁니다."

재차 설명을 들은 보에르는 조끼에서 손수건을 꺼내 턱에 묻은 땀을 닦으면서 대답했다.

"그런 얘긴 들은 적이 없는데?"

"손탁 여사님을 마지막으로 보신 게 언제인가요?"

"일주일 정도 전이다. 그때도 별 말은 없었는데 말이다."

고개를 갸웃거린 보에르의 대답을 들은 배정근은 혹시나 하는 마음을 확신으로 바꾸었다. 손탁 여사는 청도에 간 것이 아니었다. 어떤 이유로 호텔을 떠나야만 했고, 남겨진 사람들의 의심을 사지 않기 위해 급하게 편지를 남긴 것이다. 결론에 도달하자 불안이 엄습해 왔다. 머뭇거리는 그에게 보에르가 물었다.

"그래, 급한 일이라는 게 뭐냐?"

"벼, 별거 아닙니다. 오늘 저녁 식사 때 어떤 와인을 낼지 몰라서요."

적당히 둘러대긴 했지만 덕분에 와인을 좋아하는 보에르의 의심을 사지 않았다. 얘기를 마치고 손탁호텔로 돌아오면서 내내 생각에 잠겼다. 손탁 여사가 갑자기 사라졌다면 누군가의 강압에 의한 것이 분명했다. 정동 거리 한복판에서 걸음을 멈춘 배정근이 중얼거렸다.

"목숨이 위험할 수도 있겠어."

손탁 여사를 찾아야만 했다. 조선 안에서 서양인은 금방 눈에 띄는 존재였다. 한성만 해도 경운궁 옆의 정동을 제외하고는 서양인을 찾아볼 수 없었다. 서양인들끼리는 서로서로 알고 지내는 편이라 그들에게 수소문하면 단서를 찾을 수 있을 것 같았다. 문제는 그가 법어만 배웠다는 점이다. 서양인들이 주로 쓰는 영어를 할 줄모른다면 찾아가도 물어볼 수가 없었다. 발걸음을 떼면서 고민하던 배정근의 눈에 이화학당이 보였다. 그 순간, 도와줄 만한 사람이 하나 떠올랐다.

수업을 마친 이복림은 동료들과 함께 교실 바닥에 이불을 폈다. 기숙사가 따로 없었기 때문에 수업을 받은 교실이 곧 침실이자 식당이었다. 한쪽에 잠을 잘 수 있는 이불을 펴는 사이, 교실 안으로 음식들이 들어왔다. 수업을 받던 책상들을 한데 모아서 밥상처럼 꾸며 놓은 학생들은 팥밥에 된장국, 그리고 김치를 말없이 나눠 먹었다. 같이 수업을 받기는 했지만 출신 성분은 너무나 달랐다. 이복림처럼 첩의 자식이긴 했지만 먹고사는 데 아무 지장이 없는 부유층 집안부터 시구문* 밖에 버려지거나 입 하나 덜 생각에 부모들이 맡겨 버린 가난한 집 아이들까지 모두 모여 있는 상태였다. 따라서 쓰는 말과 습관이 모두 달랐고, 자연스럽게 나눠질 수밖에 없었다. 그나마 서양의 새로운 학문을 배우겠다는 마음이 그런 벽을 어느 정도는 허물어 버렸다. 밥을 먹던 이복림의 귀에 한쪽에 모인 양반집 딸들이 속닥거리는 소리가 들려왔다. 좋은 집안에서 혼처가 들어왔다면서 시시덕거리는 그들을 보면서 이복림은 속으로 한숨을 쉬었다. 첩의 딸인 자신에게는 좋은 혼처가 들어올 리 없다는 걸 누구보다 잘 알았기 때문이다. 하루빨리 졸업해서 미리견으로 유학을 가고 싶었다. 하지만 이화학당을 다니는 것도 마땅찮게 생각하는 아버지가 바다 건너 유학을 보내 줄 리 만무했다. 게다가 얼마 전에 집으로 오라는 걸 거부했으니 쫓겨날 판국이었다. 무거운 마음을 안고 식사를 마친 이복림은 그릇을 모아서 밖으

* 시체를 내가는 문.

로 나왔다. 학교 뒤쪽에 있는 우물에서 그릇을 씻는 당번이었기 때문이다. 겹겹이 쌓아 놓은 그릇들을 우물가에 내려놓은 이복림은 한숨을 쉬면서 바가지를 찾았다. 그러다가 우물가에 드리워진 그림자를 보고는 흠칫 놀랐다. 고개를 든 그녀에게 배정근이 말을 붙였다.

"잠깐, 시간 내 줄 수 있어?"

당황한 이복림은 주변을 돌아봤다. 다행히 아무도 보는 이가 없었다. 이복림은 배정근에게 법국 공사관 담장 쪽에 있는 나무 쪽으로 가라고 눈짓을 하고는 얼른 뒤따라갔다. 나무 뒤로 간 이복림은 앞장선 배정근에게 화를 냈다.

"미쳤어? 여기가 어디라고 와!"

"나도 알아. 그런데 좀 급한 일이 생겨서 말이야."

이복림은 상대방의 말투와 눈빛을 보고는 자신을 곤란하게 만들려고 거짓말을 하는 것이 아님을 깨달았다. 이복림이 계속 얘기해 보라는 눈빛을 보내자 배정근이 입을 열었다.

"며칠 전부터 손탁 여사가 안 보여."

말뜻을 못 알아들은 이복림이 눈을 찡그렸다.

"그게 무슨 말이야?"

"편지 한 장 남겨 놓고 자취를 감췄다고."

마른침을 삼킨 배정근이 지난 며칠간의 일들을 들려줬다. 얘기를 들은 이복림은 고개를 갸웃거렸다.

"그렇게 일이 많은 분이 갑자기 떠났다는 게 좀 이상해."

"이상한 건 그뿐이 아니야. 편지를 써 놓고 떠났다면 자기 방에 남겨 놓거나 혹은 보이들에게 맡겨 놨겠지. 왜 정문 옆 우편함에 넣어 뒀겠어. 게다가 보에르 씨랑 상의하라고 했는데 정작 당사자는 얘기를 들은 적이 없대. 손탁 여사 성격이면 최소한 언제 돌아오겠다는 얘기쯤은 적어 놨을 거야."

"그 편지 여사님 필적은 맞아?"

"보이들에게 물어봤더니 맞다고는 했는데 이상한 점이 한둘이 아냐."

"뭐가?"

이복림의 반문에 배정근이 손가락을 꼽아 가면서 얘기했다.

"일단 필적이 같다고 쳐도 쓴 종이가 달라. 손탁 여사는 개인적인 메모나 편지는 늘 탁자에 있는 연한 하늘색 종이에 썼거든. 근데 이번에 글씨를 남긴 종이는 다른 종이였어."

"그만큼 다급했을 수도 있다는 뜻 아닐까?"

"앞뒤가 안 맞아. 얘기도 못 하고 떠날 정도였다면 편지는 언제 써서 우편함에 넣어 뒀겠어."

"하긴."

"청도로 간 게 아니라 사라진 게 분명해."

배정근의 얘기를 들은 이복림이 물었다.

"그런데 그 얘기를 왜 나한테 해?"

"일단 한성의 외국인들을 상대로 탐문을 하려고 하거든. 근데 나는 법어밖에 몰라서 영길리 말을 할 줄 아는 사람의 도움이 필요해."

이복림은 비로소 배정근이 찾아온 이유를 납득했다. 하지만 동시에 의문이 하나 떠올랐다.

"왜 손탁 여사를 찾으려고 하는데?"

"사라졌으니까."

짤막하게 대답한 배정근이 물었다.

"도와줄 거야? 안 도와줄 거야?"

질문을 받은 이복림은 이화학당 메인 홀 쪽을 바라봤다. 신학문을 공부하는 건 즐거운 일이긴 했지만 따분하기도 했다. 뭔가 재미난 일이 벌어질 것 같다는 예감에 이복림은 고개를 끄덕거렸다.

"어떻게 도와주면 돼?"

"일단 손탁 여사를 만나러 왔던 외국인들을 만나 보려고."

"그래서?"

"물어봐야지. 최근 무슨 이상한 일이 있거나 혹은 얘기가 오갔는지, 아니면 누군가가 협박을 했는지 말이야."

"누구누구 만나러 가게?"

"일단 헐버트랑 배설이 자주 찾아왔었어. 두 사람을 만나 보게."

"어디로 가야 만날 수 있는데?"

이복림의 물음에 배정근이 대답했다.

"헐버트는 선교사니까 교회로 가야지. 새문안교회나 상동교회로 가면 만날 수 있을 거 같아. 배설은 당연히 대한매일신보사에 가면 만나겠지."

"내가 가서 통역을 해 주면 되는 거야?"

"응. 언제 시간 돼?"

배정근의 얘기를 들은 이복림은 잠시 고민했다. 손탁 여사의 실종은 이상한 일이기는 했지만 굳이 자신이 끼어들 일은 아닌 거 같았다. 거절 쪽으로 마음이 기울어질 찰나 이화학당 교장인 스크랜턴 여사와 함께 손탁 여사의 동정을 살펴 달라고 했던 큰아버지의 얘기가 떠올랐다. 큰아버지에게 잘만 보인다면 꿈만 같던 외국 유학도 가능할 거 같았다. 이복림은 고개를 끄덕거리면서 대답했다.

"스크랜턴 여사님에게 내일 수업 빼 달라고 얘기할게."

"그럼 아침 열 시에 호텔 정문에서 보자. 가까운 새문안교회부터 가 보자."

"알겠어."

이복림의 대답을 들은 배정근은 주변을 살피고는 손탁호텔 담장 쪽으로 걸어갔다. 그러고는 나무로 된 울타리를 가볍게 뛰어넘었다. 그 모습을 지켜보던 이복림은 우물가로 돌아가서 그릇을 챙겼다.

다음 날 아침, 곰보에게 얘기해서 근무를 조정한 배정근은 식사를 마치고 외출 준비를 했다. 서양인들처럼 양복에 조끼를 입고 그 위에 곰보에게 빌린 프록코트를 걸치자 제법 그럴듯해 보였다. 거울 앞에 선 배정근의 모습을 본 곰보가 감탄사를 날렸다.

"완전 양인 같은데."

피식 웃은 배정근이 곰보에게 말했다.

"금방 갔다 올게."

"걱정 말고 잘 다녀와."

현관을 나온 배정근은 정문까지 천천히 걸어갔다. 정문 옆에는 치마저고리 차림에 머리에 쓰개치마를 뒤집어쓴 이복림의 모습이 보였다. 가볍게 고개를 끄덕거린 배정근이 앞장서자 쓰개치마를 바짝 당겨 쓴 이복림이 한 걸음 정도 뒤따랐다. 서양인들이 직접 정비한 정동 거리는 질퍽한 흙이 깔린 다른 곳과는 달리 돌로 포장이 되어 있어서 걷기에 편했다. 한쪽엔 경운궁의 높은 담장이 있었고, 다른 한쪽엔 서양식 주택이 즐비하게 늘어서 있어서 조선이 아니라 마치 다른 나라 같았다. 배정근은 뒤따라오던 이복림에게 이것저것 설명을 해 줬다.

"길 왼편에 문 보이지?"

"저거?"

"응. 난 본 적은 없는데 불란서 파리에 있는 개선문과 비슷하게 생겼대. 저기가 바로 아라사 공사관 입구야. 10여 년 전에 황제 폐하께서 저곳으로 파천하신 적이 있었다고 하더라."

"나도 얘기 들었어."

이복림이 쓰개치마를 살짝 올려서 아라사 공사관을 바라봤다. 언덕 위에 웅장한 하얀 집이 보였다. 집 옆에는 망루 같은 것이 보였다.

"저기 저건 뭐야?"

"아라사 공사관의 탑이야. 손탁 여사님이 그러는데 저기 올라가면 경운궁은 물론이고 한성 전체가 내려다보인다고 했어."

"웅장해."

이복림이 중얼거리자 배정근이 어깨를 으쓱거렸다.

"화무십일홍이지. 한때는 일본이랑 어깨를 나란히 할 정도였는데 재작년 전쟁에서 지면서 끝장났지. 아라사 공사관원들도 그때 다 쫓겨나서 지금은 비었대."

아라사 공사관을 지나 조금 더 올라가자 큰길이 나왔고 오른편에는 성문과 성루가 나왔다. 그걸 본 이복림이 물었다.

"저기가 돈의문*이지?"

"맞아. 다들 새문이라고 불러. 그리고 이쪽에서 시내로 들어가는 길을 새문안길이라고 부르고."

정동이 끝나고 새문안길로 접어들자 낯익은 한옥과 두루마기를

* 한양 도성의 서쪽 정문. 지금의 신문로 언덕에 있었으나 1915년에 헐었다.

걸치고 갓을 쓴 조선 사람들이 보였다. 길옆으로는 나무로 만든 전신주가 늘어서 있었고, 전차 철로도 있었지만 왠지 모를 안도감을 느낀 이복림이 물었다.

"그럼 새문안교회도 저기에 있는 거야?"

"그렇다고 들었어. 저기 홍교* 지나면 나온다고 하던데."

"홍교?"

"저거, 경운궁이랑 경희궁을 잇는 다리야. 황제 폐하께서 행차할 때마다 길을 막는 바람에 이만저만 불편했던 게 아니었거든. 그래서 저렇게 위로 지나갈 수 있도록 다리를 만들었어."

이복림은 고개를 들어서 새문안길을 가로지르는 홍교를 바라봤다. 무거운 돌로 지어진 다리는 아치형 기둥으로 지탱되었다. 기둥 양쪽으로 길이 나 있었는데 한쪽으로는 전차 선로가 깔려 있었다. 과천에 살다가 한성으로 올라와서 바로 이화학당에 입학했던 이복림으로서는 신기한 광경이었다. 황제 폐하가 지나다닌다는 홍교를 지나서 새문안교회가 보였다. 벽돌로 벽체를 세운 한옥이라서 언뜻 보면 교회 같지 않았지만 문 옆에 나무로 깎아서 만든 십자가가 세워져 있었고, 새문안교회라는 현판도 붙어 있었다. 막상 오긴 했지만 어찌할 바를 몰랐던 두 사람은 문 근처에서 서성거렸

---

* 경운궁과 경희궁을 연결하던 육교. 지금의 새문안로를 가로지르는 형태였다. 1902년 즈음에 만들어졌다가 1908년경에 철거되었다.

다. 때마침 성경을 옆구리에 끼고 나오던 조선인 목사가 발걸음을 멈추고 배정근에게 말을 건넸다.

"무슨 일이냐? 보아하니 우리 교회 교인들은 아닌 거 같은데."

배정근이 잔뜩 긴장한 말투로 말했다.

"헐버트 선교사님을 만나러 왔습니다. 이곳에 자주 오신다고 들었는데요."

"오늘은 일이 있다고 안 나오셨는데."

없다는 얘기를 들은 배정근은 저도 모르게 마른침을 삼키고 말았다. 당황한 배정근을 대신해서 이복림이 나섰다.

"그럼 어디 가야 선교사님을 만나 뵐 수 있을까요?"

"가만있자. 어디 간다고 했더라? YMCA에 간다고 했던가? 아니다. 상동교회로 누굴 만나러 간다고 하셨어."

대략 행방을 알 수 있게 된 배정근이 반문했다.

"상동교회요?"

"왜놈들이 사는 진고개 근처에 남문안장* 길가에 있다. 정동교회 비슷하게 생겼으니까 금방 알아볼 수 있다. 거기 전덕기 목사랑 친하시거든. 요즘 자주 만나시는 거 같더라."

"알겠습니다."

목사가 교회 안으로 들어가자 배정근은 돌아서서 중얼거렸다.

---

* 남대문시장의 예전 명칭.

"남문안장이면 제법 먼데."

그러고는 이복림에게 말했다.

"그쪽은 전차도 안 다녀. 인력거 타고 갈까?"

이복림이 고개를 끄덕거리자 배정근은 거리로 나서서 손을 번쩍 들었다. 종로 쪽에서 올라오던 인력거 한 대가 속도를 줄였다. 아직 본격적인 여름 전이었지만 인력거꾼은 더위 탓인지 저고리를 벗어젖힌 상태였다. 그걸 본 이복림이 고개를 돌렸다. 인력거꾼이 멈춰 서자 배정근이 이복림을 뒷자리에 태우면서 말했다.

"나랑 같이 출발할 거니까 잠시 기다려 주세요."

인력거꾼이 숨을 몰아쉬면서 물었다.

"어디까지 가시게?"

"상동교회요."

때마침 빈 인력거가 한 대 더 도착해서 배정근도 탈 수 있었다. 두 사람을 태운 인력거는 정동을 가로질러 남정문 쪽으로 내려갔다. 쇠테로 만든 바퀴가 굴러가면서 진동이 심했지만 두툼한 방석 덕분에 그나마 견딜 수 있었다. 일본인들이 모여 사는 진고개가 가까워지자 점차 기모노와 양복 차림의 일본인들이 늘어났다. 20여 년 전 처음 한성에 모습을 드러낸 일본인들은 비만 오면 고갯길이 진흙탕이 되어 버리는 진고개에 자리 잡았다. 다른 좋은 땅엔 이미 청나라 상인들이 자리를 잡았기 때문이다. 하지만 청일전쟁으로 청나라 상인들의 기세가 꺾이면서 진고개의 일본인들 기세가 등등해졌다. 일본식으로 지어진 집들이 늘어나고 곳곳에 일본 상인들이 자리를 잡고 상점을 열면서 조선 사람들까지 모여들었다. 기름으로 켜면 밤새도록 환한 빛을 내는 램프와 부싯돌을 켜지 않아도 불이 잘 붙는 성냥, 그리고 달콤하기 그지없는 눈깔사탕 같은 신기하고 편리한 물건들을 팔았다. 거기에다 하얗게 화장을 한 일본 여인이 물건을 파는 바람에 시골에서 올라온 양반들이 구경을 나서고, 한성의 한량들이 왜각시가 파는 눈깔사탕에 맛이 들려서 진고개를 제집 드나들 듯 드나들었다. 선혜청 자리에 지은 남문안장에서도 곳곳에 일본인이 운영하는 상점들이 보였다. 형은 늘 일본이 야금야금 빼앗다가 결국 나라를 통째로 빼앗고 말 것이라고 걱정했다. 그 걱정을 눈으로 보게 된 배정근은 마음이 편치 않았다. 이런저런 생각을 하는 동안 인력거가 남문안장을 지나 상동교회 앞에 도착했다. 인력거에서 내린 배정근은 삯을 치르고 뒤따라 내리는 이복림을 바라봤다. 인력거에서 내릴 때 손을 잡아 주려고 했지만 그녀가 고개를 돌리는 바람에 머뭇거리다 빈손을 내려놔야만 했다. 그 모습을 본 인력거꾼이 누런 이빨을 드러내며 웃었다. 상동교회는 한옥을 그대로 쓰고 있는 새문안교회와는 달리 붉은색 벽돌로 지은 서양식 건물이었다. 정동교회처럼 우람한 크기는 아니지만 하늘을 찌를 듯한 박공과 그 옆에 망루처럼 생긴 팔각형의 종탑은 지나가는 사람들의 눈길을 끌기에 충분했다.

"여기에 헐버트 선교사가 있을까?"

종탑을 올려다보던 이복림의 물음에 배정근은 조심스럽게 고개를 끄덕거렸다.

"아마 있을 거야. 들어가 보자."

교회의 문은 나무로 만든 간단한 포치 안에 자리 잡았다. 문을 열고 안으로 들어서자 널빤지로 만든 긴 예배용 의자들이 보였다. 열고 들어간 문 반대편에는 작은 단상처럼 꾸며 놓은 예배단이 자리 잡고 있었다. 양쪽 창문에서 흘러들어 온 은은한 햇살이 고요한 교회 내부를 군데군데 비췄다. 아직 예배 시간 전인지 교회 안에는 사람들이 별로 없었다. 예배단 옆 오르간 앞에 앉아 있던, 하얀 치마저고리에 뿔테 안경을 쓴 여인이 천천히 일어나면서 물었다.

"전덕기 목사님을 만나러 오셨습니까?"

교회 안을 천천히 둘러본 배정근이 고개를 저었다.

"아뇨. 헐버트 선교사님을 찾으러 왔습니다. 새문안교회에 갔더니 여기 계시다고 해서요."

"무슨 일 때문인데요?"

안경을 추켜올린 여인의 물음에 배정근은 대답이 궁색해졌다. 손탁 여사의 실종은 섣불리 얘기할 수 있는 게 아니었기 때문이다. 그가 머뭇거리는 사이 등 뒤에서 문 열리는 소리가 들렸다. 배정근이 고개를 돌리자 양복 차림에 옆구리에 성경을 낀 조선 사람이 들어서는 것이 보였다. 까무잡잡한 얼굴에 아래턱이 단단해서 전체적으로 억센 느낌을 주었다. 하지만 서글서글한 눈매와 수많은 미소를 짓느라 자연스럽게 올라간 입꼬리가 억센 느낌을 잡아 주었다. 성큼성큼 걸어온 그가 배정근에게 손을 내밀었다.

"상동교회 담임 목사인 전덕기라고 합니다. 형제님은 어디서 오셨습니까?"

전덕기가 내민 손을 잡고 악수를 한 배정근이 대답했다.

"손탁호텔에서 일하는 배정근이라고 합니다. 이쪽은 이화학당 학생 이복림이고요."

가볍게 미소를 지은 전덕기가 이복림을 향해 가볍게 눈인사를 했다.

"나이가 한참 아래인 거 같으니까 말을 놓겠네. 그래, 여긴 어쩐 일인가?"

"헐버트 선교사님을 만나러 왔습니다. 여기 계시다고 해서 왔습니다만…."

"무슨 일로?"

"손탁 여사님에 관한 일로 여쭤 볼 게 있습니다."

배정근의 얘기를 들은 전덕기가 고개를 갸웃거렸다.

"손탁 여사라면 호텔에서 일하는 자네가 더 자주 보지 않는가?"

"여기 계시면 만나게 해 주십시오. 중요한 일입니다."

배정근이 간절한 표정으로 말하자 잠시 고민하던 전덕기가 입을 열었다.

"따라오게."

예배단 쪽으로 몇 걸음 걸어가던 전덕기가 대화를 지켜보던 안경 쓴 여인에게 말했다.

"에리사. 누가 오는지 잘 봐 줘."

"알겠습니다. 오면 오르간을 연주할게요."

배정근은 대화를 듣고 나서야 안경 쓴 여인이 왜 텅 빈 교회를 지켰는지 알아차렸다. 전덕기는 두 사람을 예배단 뒤쪽으로 이끌고 갔다. 예배단에 가려진 작은 문이 보였다. 전덕기가 한 손으로 문을 열자 지하로 통하는 계단이 보였다. 계단 중간에 가스등이 켜져 있어서 그리 어둡지는 않았다. 좁은 계단을 내려가서 돌아서자 몇 개의 방이 좌우에 있는 넓은 공간이 나왔다. 이복림은 눈이 휘둥그레졌지만 손탁호텔 지하에서 일했던 배정근에게는 그리 낯선 풍경이 아니었다.

"여긴 청년회랑 학교가 있네. 왜놈들이랑 왜놈 앞잡이들 때문에 이렇게 교회의 십자가 아래 숨어 있지."

한결 부드러워진 목소리로 말한 전덕기가 이복림에게 말했다.

"여긴 그런 거 쓰는 사람 없으니까 학생도 이제 쓰개치마를 벗게."

"네."

나지막하게 대답한 이복림이 쓰개치마를 벗어서 어깨에 걸쳤다. 전덕기가 계단 옆에 있는 작은 방을 가리켰다.

"저기서 잠깐 기다리게. 선교사님을 모셔 오지."

문을 열고 들어서자 작은 교탁과 낡은 책걸상 들이 보였다. 크기는 작지만 이화학당의 메인 홀 교실과 비슷한 풍경이 보이자 내내 긴장하던 이복림도 처음으로 안도감을 느꼈다. 잠시 후, 문이 열리는 소리가 들리자 두 사람은 약속이나 한 듯 고개를 돌렸다. 큰 키에 금테 안경을 쓴 헐버트는 잘 다듬은 염소수염을 가지고 있었다. 잿빛 양복 차림의 헐버트는 두 사람을 번갈아 바라보다가 안면이 있는 배정근과 가볍게 눈인사를 나눴다. 배정근이 이복림을 바라봤다. 뒤따라 들어온 전덕기가 문 옆에 섰다. 마른침을 삼킨 이복림이 영어로 물었다.

"헐버트 선교사님. 손탁 여사에 관한 문제로 여쭤 볼 게 있어서 찾아왔습니다."

이복림의 얘기를 들은 그가 의아하다는 표정으로 배정근을 보면서 대답했다.

"저 친구는 손탁호텔에서 일하는 보이로 알고 있는데?"

자신에게 시선이 다가오자 배정근은 조심스럽게 입을 열었다.

"손탁 여사님께서 며칠째 보이지 않습니다."

이복림을 통해 그 얘기를 전달받은 헐버트는 고개를 갸웃거렸다.

"그걸 왜 나한테 얘기하지?"

이복림은 배정근을 힐끔 쳐다보고는 대답했다.

"제 친구 얘기로는 갑자기 호텔에서 자취를 감췄답니다. 청도에 갔다 오겠다는 편지를 한 장 남겨 놓기는 했는데 원래 쓰던 편지지가 아니고, 결정적으로 정문의 우체통에 넣어 놨다고 했어요."

"청도? 궁궐 일만 해도 바쁜 분이 갑자기 거긴 왜?"

"그래서 여쭤 볼 만한 사람들을 찾아다니고 있습니다. 제 친구 얘기로는 호텔에 종종 들러서 손탁 여사님과 만나셨다고 하던데요."

이복림의 물음에 눈에 띄게 조심스러워진 표정의 헐버트가 대답했다.

"손탁 여사는 조선에서 오랫동안 지내 온 분이니까, 종종 궁궐 소식을 들으려고 들르기는 하지. 하지만 만나서 차 한 잔 마시는 게 전부라네."

이복림으로부터 헐버트가 한 얘기를 들은 배정근은 아랫입술을 살짝 깨물었다. 쉽게 진실을 얻을 것이라고는 생각하지 않았지만 이렇게 처음부터 벽에 부딪치자 막막해진 것이다. 애써 침착함을 유지한 배정근이 이복림을 통해 재차 물었다.

"마지막으로 여사님을 만난 게 언제십니까?"

질문을 받은 헐버트는 수염을 만지작거리면서 잠시 생각에 잠겼다가 대답했다.

"대략 2주쯤 전이다."

이복림을 통해 헐버트의 얘기를 들은 배정근이 잠시 고민하다가 입을 열었다.

"이토 통감의 파티가 있기 며칠 전이군요."

"그런 거 같다."

"무슨 얘기를 하셨습니까?"

"아까 말한 것처럼 궁궐 얘기랑, 세상 돌아가는 얘기였지. 원래 황제 폐하와 자주 만났는데 재작년 밀서를 가지고 미국에 갔던 일이 문제가 되면서 궁궐 출입이 쉽지 않게 되었다."

형인 배유근에게 당시 정황을 들은 적이 있던 배정근은 고개를 끄덕거렸다. 러일전쟁이 일본의 승리로 끝나자 황제를 비롯한 조정은 위기감에 휩싸였다. 그래서 미리견의 도움을 요청하려고 했지만 거절당했다고 형이 분개한 목소리로 얘기해 줬던 기억이 난 것이다. 배정근이 당시 정황을 대략 아는 눈치를 보이자 헐버트는 한숨을 쉬었다.

"미국은 대한제국을 버리고 일본 편을 든 대가를 치를 것이다. 재작년에 러일전쟁에서 이긴 일본이 대한제국을 집어삼킬 야욕을 노골적으로 드러냈지. 그래서 황제 폐하께서는 미국에 도움을 요청하기로 결심하셨어. 조미수호통상조약*의 제1조에는 제2국이 조약 일방에 부당하거나 혹은 강압적으로 간섭할 경우에는 조약 상대국은 원만한 타결을 얻을 수 있도록 노력해야 한다는 구절이 있었으니까."

"그래서 황제 폐하께서 도움을 요청하신 건가요?"

통역을 하던 이복림의 물음에 헐버트가 고개를 끄덕였다.

---

* 1882년에 조선과 미국이 체결한 상호 통상조약.

"맞아. 나에게 대한제국의 사정을 알리는 밀서를 미국 대통령 루스벨트에게 전달해 달라고 하명하셨지."

대답을 들은 이복림이 배정근에게 통역을 해 주고는 재차 물었다.

"그래서 밀서를 가지고 미국에 가신 건가요?"

"맞아. 배를 타고 요코하마를 거쳐서 미국으로 갔지. 내가 미국에 가는 동안 일본은 황제 폐하를 겁박해서 을사조약을 강제로 체결했다. 워싱턴에 도착해서 그 소식을 들었단다. 그 간악한 놈들이 황제 폐하를 얼마나 겁박했을지 생각만 해도 눈물이 나더구나. 그래서 그다음 날부터 백악관과 국무부를 드나들면서 황제 폐하의 밀서를 전달하려고 했지만 들은 척도 하지 않더구나."

애기를 하던 헐버트가 감정이 북받치는지 눈물을 글썽였다. 배정근과 이복림은 원래 할 일도 잊어버린 채 이야기에 귀를 기울였다.

"그렇게 며칠 동안 시간을 허비한 다음에 왜 그랬는지 이유를 알겠더구나. 그 사이에 일본이 조약의 체결이 대한제국의 황제와 국민들의 뜻이라는 거짓 선전을 했던 거였어. 그 후 겨우 국무장관을 만나서 조미수호통상조약의 이행을 요청했지만 냉대만 당하고 말았지."

우리도 모르는 사이에 남의 손에 운명이 결정되었다는 사실에 충격을 받은 배정근이 물었다.

"그래서 밀서를 전달하지 못했나요?"

"자포자기하고 있었는데 황제 폐하께서 직접 전보를 보내셨다. 조약 체결에 결코 동의한 적이 없으며 일본의 강압에 의해 대신들이 마지못해 동의한 것이라고 말이다. 그래서 그 전보를 가지고 국무부로 갔지만 다 끝났다는 얘기만 들었다. 단지 기록으로만 남겨 놓겠다고 하더구나. 그래서 그 길로 국무부에서 나와서 공화당 정치인들과 언론인들에게 호소하기로 했다. 조미수호통상조약은 의회의 승인을 거쳐서 체결된 것이다. 그런데 어떻게 의회와 상의 없이 휴지 조각으로 만들 수 있느냐고 설득했지. 하지만 용기 있는 정치인들이 없더구나. 신문기자들도 만나 봤지만 다들 러일전쟁에서 일본이 이긴 것만 신경을 썼지 그들이 무슨 짓을 하는지에는 관심이 없더구나. 사실은 이미 모든 게 끝나 있었는데 우리만 모르고 있었다."

이미 끝났다는 헐버트의 말에 이복림이 궁금함을 참지 못하고 물었다.

"이미 끝났다는 게 무슨 뜻인가요?"

"루스벨트 대통령이 러시아와 일본의 종전 협정인 포츠머스조약 체결을 중재하면서 일본과 밀약을 맺었다는 정보를 입수했다. 승전의 대가로 대한제국을 집어삼키는 것을 미국이 눈감아 준다는 내용이었지."

헐버트의 설명을 들은 배정근과 이복림은 말을 잇지 못하고 서로의 얼굴을 바라봤다. 강대국에 의해 대한제국의 운명이 멋대로 결정되었다는 사실이 너무나 충격적이었기 때문이다. 손수건을 꺼내 이마의 땀을 닦은 헐버트가 말을 이어갔다.

"그뿐만이 아니다. 포츠머스조약이 체결되기 전에 이미 미국은 일본과 밀약을 맺었단다. 전쟁성 장관인 태프트와 일본의 가쓰라 총리가 도쿄에서 비밀리에 회동해서 협약을 체결했단다. 일본이 미국의 필리핀 통치를 양해하는 대신 미국은 일본이 대한제국을 차지하는 걸 묵인한다는 내용이었다."

헐버트의 얘기를 들은 배정근이 착 가라앉은 목소리로 말했다.

"어처구니가 없네요."

"대통령과 관료들은 동아시아에서 일본의 입지가 단단해지는 것이 국익에 도움이 된다고 생각하고 있단다. 하지만 일본의 야욕이 대한제국을 집어삼키는 것만으로 끝나지는 않을 거다. 미국은 반드시 그 대가를 치르고 말 거야. 결국 아무것도 이루지 못하고 다음 해 6월에 이 땅으로 돌아왔다."

헐버트는 우울한 표정으로 이야기를 이어갔다.

"나는 조국이 일본의 침략을 용인하는 것이 결코 국민들 전체의 뜻이라고는 생각하지 않는다. 소수의 정치인들이 판단한 것이고 대부분의 미국인은 이번 일에 대해서 크게 관심이 없단다. 어쨌든 나는 내 조국과 대한제국이 가깝게 지내기를 바란다. 그러기 위해서 내가 할 일을 하는 중이란다."

"어떤 일이요?

이복림이 묻자 헐버트가 문 옆에 서 있는 전덕기를 살짝 바라봤다. 전덕기가 무거운 목소리로 대답했다.

"교회와 학교를 짓고, 사람들을 교육시키는 일이다. 그렇게 배운 사람들이 일본의 총칼을 이길 수 있는 유일한 방법이란다."

손탁 여사가 사라지기 직전 호텔에서 펼쳐진 연회에서 이토 통감에게 아부하던 관료들의 모습을 떠올린 배정근이 불쑥 물었다.

"신앙과 종교로 일본을 이길 수 있다고 믿는 건가요?"

질문을 받은 전덕기 목사가 희미하게 웃으면서 대답했다.

"어차피 나라를 빼앗기는 건 시간문제다. 사방에 나라를 팔아먹지 못해서 안달인 놈들투성이고, 백성들은 자기 먹고사는 문제에만 신경을 쓰고 있지. 하지만 그렇다고 손을 놓을 수는 없는 노릇이지. 할 수 있는 데까지는 해 볼 생각이다. 우리에게 총칼은 없지만 신과 정의는 있으니까."

전덕기의 말을 끝으로 작은 교실 안에는 침묵이 흘렀다. 무겁고 어두운 침묵을 깬 것은 헐버트였다. 작게 헛기침을 한 헐버트가 이복림에게 말했다.

"그런데 학생 친구는 왜 손탁 여사를 찾으려고 하는지 물어봐 주겠나? 가족이나 친척도 아닌데 말이야."

이복림을 통해 헐버트의 질문을 받은 배정근이 대답했다.

"원래 그 자리에 있어야 할 사람이 갑자기 사라졌으니까요."

"그래서 가깝게 지내던 주변 사람들을 만나러 다니고 있군."

헐버트의 말에 배정근이 대답 대신 고개를 끄덕였다. 잠시 고민하던 헐버트가 입을 열었다.

"아까는 어디까지 믿어야 할지 몰라서 얘기를 못 한 게 있다. 작년에 돌아오고 나서는 황제 폐하를 마음대로 알현할 수 가 없었단다."

"일본의 방해 때문인가요?"

이복림의 물음에 헐버트가 대답했다.

"황제 폐하는 사실상 궁궐에 유폐된 상태나 다름없다. 주변을 지키는 궁녀나 내시 중에는 일본 첩자가 한둘이 아니지. 제국익문사*에서 황제 폐하를 지키고 있지만 쉽지 않다고 하는구나."

"그럼 손탁 여사를 통해서 황제 폐하와 연락을 주고받으신 건가요?"

헐버트는 배정근의 물음에 천천히, 그리고 무겁게 고개를 끄덕였다.

"손탁 여사도 러시아가 패하면서 곤란한 입장이 되긴 했지만 어쨌든 서양전례관이기 때문에 궁궐에 그나마 쉽게 드나들 수 있었으니까. 하지만 그쪽도 감시가 심해서 제대로 알현하기는 어렵다

---

* 고종이 1902년 설립한 비밀첩보기관. 실제 활동했다는 기록은 없고 설치령만 나와 있기 때문에 실제 조직이 아니라는 주장도 있다.

고 하더구나."

"어떤 얘기들이 오가는 거였죠?"

"주로 일본의 횡포에 관한 얘기지. 러일전쟁에서 이기고 난 후 마치 이 땅의 주인이 된 것처럼 기고만장해 하고 있단다."

고개를 절레절레 저은 헐버트가 말을 이어갔다.

"얼마 전에 시골에서 올라온 상인이 날 찾아온 일이 있었단다. 장사를 하고 받은 일본돈을 환전하기 위해서 일본인 환전상에게 돈을 맡기고 영수증을 받았던 것이지. 그리고 며칠 후에 맡긴 돈을 찾기 위해 갔더니 이미 돈을 줬다고 막무가내로 억지를 부렸다는 구나. 억울한 상인이 통감부를 찾아가 하소연을 했지만 아무 소용이 없어서 날 찾아왔던 것이지. 내가 직접 영수증을 들고 찾아가니까 어쩔 수 없이 해결해 주더구나. 비슷한 사례는 수도 없어서 따로 기록으로 남겨 놔야 할 지경이다."

"맙소사."

배정근이 말을 잇지 못하자 헐버트는 쓴웃음을 지었다.

"스티븐스 같은 작자들은 일본이 조선을 집어삼키는 게 모두에게 좋은 일이라고 떠들고 다니고 있지만 내가 목격한 것들은 전혀 다르다. 일본의 지배는 조선 백성들 모두에게 불행한 일이 될 것이 분명하다."

"그런 얘기들을 황제 폐하께 전달하는 중간 역할을 손탁 여사님이 하시는 건가요?"

"그렇단다. 나는 직접 만나지 못하니까 대신 전달해 주는 역할을 하셨단다. 그리고 주변에서 돌아가는 얘기들도 나누는 편이지."

"혹시 그 일이 이번 실종과 연관이 있을 것 같나요?"

단도직입적인 배정근의 물음에 헐버트는 금방 대답하지 못했다.

"비록 러시아가 발을 빼긴 했지만 일본이 직접 손탁 여사를 해코지하지는 못할 것이다. 하지만…."

주저하던 헐버트가 손수건으로 이마의 땀을 닦으면서 말했다.

"누군가를 사주해서 납치하거나 혹은 속여서 어디론가 끌고 갔을 가능성도 배제할 수 없겠지. 편지에 급한 일로 청도에 간다고 그랬지?"

"네."

"청도라면, 손탁 여사가 재작년부터 작년까지 휴가를 갔을 때 전례관으로 대신 일했던 엠마 크뢰벨이 남편과 함께 머무르고 있는 것으로 알고 있다. 혹시 그 사람을 만나러 갔는지 전보를 쳐서 확인해 보마."

"감사합니다."

헐버트가 처음으로 활짝 웃으면서 대답했다.

"손탁 여사와 나는 아는 사이니까 친구라고 할 수 있단다. 그러니 오히려 내가 고마워해야지."

헐버트와 악수를 나누고 얘기를 마친 배정근과 이복림은 전덕기를 따라 계단을 올라갔다. 예배단 옆 오르간 의자에 앉아 있던 에리사가 일어나서 가볍게 인사를 하며 전덕기에게 슬쩍 말했다.

"밖에 누군가 있어요."

"누군데?"

"따라오세요."

에리사가 고무신을 신은 발로 사뿐사뿐 걸어서 현관 옆의 큰 창가로 향했다. 커튼이 쳐진 창가 옆에 서서 길 건너편을 손가락으로 가리켰다.

"아까 두 사람이 온 직후부터 나타났어요. 저쪽 짚신가게 전신주 앞에 서 있는 사람이요."

"왜놈 밀정은 아니고?"

전덕기의 물음에 에리사가 고개를 저었다.

"처음 보는 얼굴이에요."

두 사람이 대화를 나누는 사이 배정근이 커튼 뒤에 숨어서 바깥을 살펴봤다. 그리고 교회를 감시하는 사람의 정체를 알아차리고는 깜짝 놀라고 말았다. 배정근의 표정이 굳어진 것을 본 전덕기가 물었다.

"아는 사람이니?"

배정근은 천천히 고개를 끄덕였다. 헐렁한 바지저고리 차림에 도리우찌라고 불리는 헌팅캡을 푹 눌러써서 못 알아볼 뻔 했지만 손탁호텔에서 일하다 쫓겨난 황만덕이 분명했다. 상대방의 정체를 알아차리자 배정근은 머리가 쭈뼛거렸다. 특히 황만덕이 쫓겨난 다음에도 손탁호텔 주변을 배회했던 사실이 떠오르자 머릿속이 복잡해졌다.

"같이 일하다 쫓겨난 친구입니다."

배정근의 대답을 들은 전덕기가 말했다.

"나가서 마주치면 곤란한 모양이구나."

"절 따라온 게 분명합니다."

"따라오너라."

창가에서 멀어진 전덕기가 예배단 쪽으로 걸어갔다. 그리고 아까 아래로 내려가는 계단이 있던 문 옆의 또 다른 작은 문을 가리켰다.

"저쪽으로 나가서 좁은 골목길을 쭉 따라가면 남문안장이 나온다. 거기서 오른쪽으로 쭉 가면 숭례문이 보일 거야."

"감사합니다."

배정근의 말을 들은 전덕기가 씩 웃었다.

"손탁 여사를 꼭 찾아라."

문이 열리자 널빤지로 만든 담장이 좌우로 뻗은 좁은 골목길이 보였다. 한 사람이 겨우 지나갈 정도로 좁은 골목길은 쓰레기와 먼지로 가득했다. 앞장서 걷던 배정근은 힘겹게 뒤따라오는 이복림에게 손을 내밀었다. 주저하던 이복림이 그의 손을 잡았다. 손을 잡은 두 사람은 겨우겨우 빠져나와 시장 한복판에 들어섰다. 어물을 많이 취급하는 시장답게 눅눅하고 찜찜한 생선 냄새가 사방에서 풍겨 왔다. 하늘을 가릴 정도로 길게 늘어진 차양 아래에는 온 갖 종류의 생선들이 얼음에 재워진 채 손님들을 기다리고 있었다. 바닥은 얼음이 녹은 물로 흥건했다. 전덕기가 알려 준 대로 오른쪽으로 방향을 잡았다. 걷다가 뒤쪽을 살피면서 황만덕이 쫓아오는지 살펴봤다. 다행히 쫓아오는 기미는 보이지 않았다. 한참을 그렇게 달려간 다음에야 배정근은 이복림의 손을 계속 붙잡고 있다는 사실을 깨달았다. 이복림의 얼굴이 새빨개진 것을 본 배정근은 황급히 손을 뗐다. 아무 말 없이 한참을 걷자 멀리 숭례문이 보였다. 숭례문이 가까워지면서 길이 넓어졌다. 숭례문 주변의 성벽은 통행에 지장을 준다는 이유로 헐리는 중이었다. 한숨 돌린 배정근은 이복림을 돌아봤다.

"전차를 타고 돌아가자. 대한문까지 금방이야."

이복림이 쓰개치마를 고쳐 쓰면서 고개를 끄덕거렸다. 숭례문 앞 전차 정류장에서 한숨 돌린 배정근은 숭례문을 지난 전차가 느리게 다가오자 한숨을 돌렸다. 청색 제복 차림의 운전수가 핸들을 돌리자 덜컹거리면서 다가온 전차가 정류장에 멈춰 섰다. 두루마기에 지팡이를 들고 중절모를 쓴 노인부터 쓰개치마를 입은 여인들까지 우르르 전차에 올랐다. 배정근도 이복림을 데리고 전차에 올라탔다. 낮이라 그런지 사람들이 별로 없어서 빈자리에 앉을 수 있었다. 전차 가운데는 대여섯 명쯤 앉을 수 있는 상등칸이 있었다. 유리창까지 달아 놔서 바깥바람을 맞지 않고 편안하게 갈 수 있게

끔 되어 있었다. 처음 전차가 들어왔을 때는 양반만 상등칸에 들어갈 수 있는 것으로 알았지만 시간이 지날수록 돈만 내면 누구나 앉을 수 있다는 것이 알려지면서 돈 많은 상인과 여인 들이 앉기 시작했다. 언젠가 함께 전차를 탔던 형이 했던 얘기가 떠올랐다.

"사람들이 쇠당나귀라고 부르는 이 전차의 등장은 한성 사람들이 오랫동안 느껴 왔던 신분제의 벽을 허물어 버렸다. 때로는 눈에 보이는 것이 백 마디의 말보다 더 잘 이해될 수 있는 법이지."

지난 일을 떠올리면서 앉아 있는 그에게 목에 쇠로 된 원통을 건 검표원이 다가왔다.

"어디까지 가십니까?"

"대한문 앞 두 명이요."

배정근이 탁한 목소리로 말하면서 요금을 건네자 검표원은 원통 뚜껑을 열고 돈을 집어넣었다. 그리고 주머니에서 전차표를 꺼내 모서리를 찢은 다음 배정근에게 건넸다. 한숨 돌린 배정근은 고개를 돌려서 창밖의 풍경을 바라봤다. 거리에는 인력거와 우마차들이 사람들과 뒤엉켜서 움직이는 중이었다. 꾀죄죄한 옷차림의 지게꾼이 산더미 같은 짐을 짊어지고 천천히 걷는 게 보였다. 익숙한 풍경 사이로 변화의 조짐도 보였다. 거리에는 전차가 다니고 길 옆으로는 전기를 이어 주는 전신주가 줄지어 서 있었다. 정동만큼은 아니지만 벽돌로 만든 서양식 건물도 하나둘씩 들어서는 중이었다. 오가는 사람들 중에는 양복 차림도 제법 눈에 띄었다. 배정근은 문득 그들의 삶이 불쌍해 보였다. 자신도 모르는 사이 스스로의 운명이 누군가의 손에 결정되어 버린 것이다. 이 땅에는 한 번도 와 본 적이 없고, 사람들조차 만나 본 적 없는 바다 건너 낯선 외국인들의 손에 의해서 말이다. 한참동안 바깥 풍경을 바라보던 그에게 이복림이 물었다.

"손탁 여사의 실종 말이야. 혹시 헐버트 선교사가 한 얘기들과 관련이 있을까?"

"어떤 일?"

배정근의 반문에 이복림도 고개를 돌려서 전차 밖을 바라보면서 입을 열었다.

"왜놈들이 나라를 집어삼키려고 드는 일."

처음부터 단순한 실종사건이 아닐지도 모른다는 생각을 하긴 했지만 생각보다 큰 그림자가 드리워질지 모른다는 생각에 배정근은 선뜻 대답하지 못했다. 그러면서 전혀 다른 대답을 했다.

"생각보다 위험할지도 몰라."

"쫓아온 사람은 누군데?"

"예전에 호텔에서 같이 일했던 사람. 이화학당 여학생들을 희롱하고 나한테 누명을 씌웠다가 쫓겨났어."

이복림이 어처구니없다는 표정으로 대꾸했다.

"설마 그때…."

"맞아. 황만덕이야."

"그 사람이 왜 너를 쫓아온 거야?"

"쫓겨난 다음에도 종종 호텔 근처에 나타났었어. 그러고 보면 의심스러운 게 하나 있어."

"어떤 거?"

"손탁 여사가 사라지고 다들 찾아 나섰다가 호텔 정문에 있는 우체통에서 문제의 편지를 찾았거든."

"그런데?"

"그때 근처에 황만덕이 있었어. 손탁 여사가 다시는 눈에 띄지 말라고 불호령을 내렸는데 말이야."

배정근의 얘기를 들은 이복림이 물었다.

"그런데도 주변을 배회한 거야?"

"처음에는 그렇다고 생각했는데 편지를 우체통에서 꺼낼 때 바로 옆에 있었어. 마치 편지를 넣었던 사람처럼 말이야."

"설마. 말이 안 되잖아. 쫓겨났다면서 어떻게 손탁 여사의 필체가 확실한 편지를 손에 넣었겠어."

"사실 따지고 보면 손탁 여사가 갑자기 사라진 것 자체가 이상한 일이라서 말이야."

이런저런 얘기를 하는 사이 전차가 대한문 앞 정류장에 도착했다. 검표원이 큰 목소리로 정거장 이름을 얘기하자 승객들이 내리기 시작했다. 배정근도 그들 틈에 끼어서 정류장에 내려섰다. 아침나절부터 돌아다녀서 그런지 오랫동안 바깥에 있었지만 아직 한

낮이었다. 두 사람은 말없이 정동 거리를 걸었다. 배정근은 중간중간 뒤를 돌아보면서 황만덕이 쫓아오지 않는지 살펴봤지만 다행스럽게도 나타나지는 않았다. 탁지부 건물을 지나자 미리견 공사관이 보였다. 다른 나라 공사관과는 달리 한옥을 그대로 썼기 때문에 언뜻 보면 알 수 없었지만 하늘 높이 솟은 미리견 국기가 공사관임을 알려줬다. 길 건너편에 있는 정동교회까지 지나자 이화학당이 보였다. 한시름 놓은 배정근이 이복림에게 말했다.

"위험한 일에 끼어들게 해서 미안해. 앞으로는 나 혼자 다닐게."

"누굴 또 만난다고 했지?"

"헐버트 다음으로 자주 찾아온 사람은 배설이었어."

"《대한매일신보》 사장 맞지?"

이복림의 물음에 배정근이 짧게 대답했다.

"맞아."

"그 사람 영길리 사람이잖아. 내 통역이 필요할 거야."

"단순한 실종사건 같지가 않아. 오늘 일도 그렇고 너무 위험해."

배정근은 고개를 저으면서 얘기했지만 이복림은 개의치 않았다.

"그럼 가급적 빨리 만나야겠네. 우리가 위험하다는 건 손탁 여사님도 위험하다는 뜻이잖아."

"위험하다니까."

"그럼 너 혼자 가서 손짓 발짓으로 물어 볼래?"

이복림의 말에 배정근은 반박하지 못했다. 오늘도 그녀의 통역이 없었다면 헐버트에게서 이렇게 많은 얘기를 들을 수 없었기 때문이다. 배정근이 반박하지 못하자 이복림이 말했다.

"언제 갈 거야?"

주저하던 그가 대꾸했다.

"내일."

"알았어. 어차피 이틀 정도는 뺀다고 스크랜턴 여사한테 얘기해 놨어."

"고, 고마워."

"내일 같은 시각에 만나자. 여기서부터는 나 혼자 갈게."

걸음을 빨리한 이복림이 앞장서 걷다가 이화학당 안으로 들어갔다. 멈춰 서서 그녀가 들어가는 걸 지켜본 배정근은 다시 발걸음을 옮겨서 호텔로 돌아왔다. 정원에는 투숙객인 오일규가 서성거리는 중이었다. 그러다가 배정근과 눈이 마주치자 어정쩡하게 인사를 하고는 호텔 안으로 들어갔다. 마치 오기를 기다린 것 같다는 느낌이 들었지만 손님을 상대로 캐물을 수는 없었기 때문에 그대로 숙소로 향했다. 돌아서려는 찰나, 2층 살롱의 테라스에서 또 다른 투숙객 박석천이 정원을 내려다보고 있는 게 보였다. 그 역시 배정근이 바라보자 안으로 들어갔다. 서로를 감시하는 것 같은 미묘한 분위기가 연출된 것이다. 이상한 생각이 들었지만 일단 일부터 해야겠다는 생각에 배정근은 숙소에서 옷을 갈아입고 호텔로 들어섰다. 때마침 손님들의 점심 식사가 끝났는지 보이들이 한

창 접시를 치우는 중이었다. 배정근은 자연스럽게 동료들과 합류해 일을 했다. 그러면서 헐버트의 얘기를 천천히 곱씹어 봤다. 손탁 여사가 황실과 헐버트의 연결 고리 역할을 했다면 그걸 싫어하는 누군가에게 끌려갔을 수도 있었다. 문제는 그것과 손탁 여사의 갑작스러운 실종 사이의 연관성이었다. 일단 내일 배설 사장을 만나서 얘기를 나눠 보면 좀 더 진실에 접근할 수 있을 것 같았다. 짧게 한숨을 쉰 배정근은 빈 그릇을 덤웨이터에 넣고 아래로 내렸다. 일을 마친 보이들이 뒷마당으로 담배를 피우러 간 사이 배정근은 행주로 테이블을 닦았다.

실종의
배후

다음 날 아침, 약속 시간 직전에 이화학당 정문 근처를 서성거리던 배정근은 시간에 맞춰서 밖으로 나온 이복림의 모습을 보고는 저도 모르게 감탄사를 날렸다.

"와!"

그도 그럴 것이 이복림이 지난번처럼 치마저고리에 쓰개치마를 쓰고 나올 것이라고 생각했는데 레이스 달린 모자에 검정색 드레스 차림으로 나온 것이다. 양산을 펴서 얼굴을 가린 이복림이 놀라서 입을 다물지 못하는 배정근에게 말했다.

"지난번에 너무 불편해서 스크랜턴 여사에게 말해서 옷을 빌렸어."

"하긴…."

조선 여자가 서양 옷을 입으면 신기하게 바라보기는 하지만 막지는 못했다. 보통 양장 차림을 하는 것은 권세가 있거나 외국 물을 먹었다는 뜻이기 때문이다. 빌려 입은 옷이라 약간 헐렁하기는 했지만 의외로 잘 어울렸다. 배정근이 빤히 쳐다보자 이복림은 얼굴을 붉힌 채 옆으로 돌아섰다. 가까스로 정신을 차린 배정근이 말했다.

"《대한매일신보》는 전동*에 있다고 했으니까 여기서부터 걸어가기는 좀 어려울 거 같고 인력거나 전차를 타야 할 거 같아."

"어디쯤인데?"

"광화문 근처 송현동 뒤편이야."

"멀긴 머네."

혼잣말처럼 중얼거린 이복림이 주변을 돌아보면서 말했다.

"근데 지난번처럼 누가 감시하는 거 아니야?"

"아까부터 살펴봤는데 없었어. 걱정 마."

말은 그렇게 했지만 걱정이 안 되는 건 아니었다. 그래서 주방에서 쓰는 작은 칼을 하나 챙겨서 프록코트 안주머니에 넣어 뒀다. 잠시 고민하던 이복림이 말했다.

"전차 타고 가는 게 좋겠어."

"가자."

---

* 지금의 서울 종로구 수송동.

두 사람은 지난번보다 좀 더 여유롭게 대한문 앞 정류장으로 갔다. 잠시 후에 지붕에 삼일표 고무신이라는 광고판을 붙인 전차가 다가왔다. 올라가기 전에 마지막으로 주변을 살핀 배정근은 멀리 센트럴호텔 앞에서 누군가 이쪽을 바라보고 있는 것을 느꼈다. 사람들 틈에 끼어 있어서 제대로 보이지 않았지만 황만덕이 분명했다. 순간 두려움을 느꼈지만 전차에 탈 기미를 보이지 않는 것을 확인하고는 안도의 한숨을 쉬었다. 다음 전차가 올 때까지는 시간 여유가 있었다. 게다가 어디에서 내릴지 알 수도 없으니 지난번처럼 마주칠 일은 없었다. 설사 어디로 가는지 안다고 해도 두 발이나 인력거로 전차를 따라올 수는 없었다. 전차에 오른 배정근은 검표원에게 표 값을 치르고 자리에 앉았다. 시골에서 올라와서 처음 전차를 탔는지 갓과 도포 차림의 노인들이 감탄사를 내뱉는 게 들렸다. 전차는 경운궁을 지나 육조사거리 정류장에 멈췄다. 정류장 뒤편에는 고종 황제 즉위 40주년 기념 비각이 자리 잡고 있었다. 사람들이 제법 많이 탔는지 전차는 뒤뚱거리면서 광화문으로 나아갔다. 넓은 육조거리는 사람들로 가득했는데 한쪽에는 친위대가 행진을 하는 중이었다. 아마 총융청에서 훈련을 마치고 돌아오는 길인 것 같았다. 형이 있을지 모른다는 생각에 잠시 그쪽을 바라봤지만 전차가 금방 지나가는 바람에 알아볼 수 없었다. 전차가 광화문 앞에서 멈추자 대부분의 승객이 내렸고, 두 사람도 섞여서 내렸다. 광화문 주변에는 전신주가 세워져 있었고, 앞에는 경사진

월대가 보였다. 월대 앞에 놓인 해태상 주변에는 군밤과 엿을 파는 아이들이 줄지어 앉아 있었다. 육조거리의 좌우에는 관청의 행랑들이 벽처럼 늘어섰고, 그 앞에는 구거*가 흐르고 있었다. 의정부 전각 옆으로 지나친 두 사람은 넓은 공터와 마주쳤다. 사람들이 모여서 뭔가를 하고 있었다. 구석에 모인 사람들 중 한 명이 방망이를 든 채 자리 잡고 있었는데 공터 가운데 서 있던 사람이 갑자기 팔을 흔들면서 공을 던졌다. 구석에 서 있던 사람이 들고 있던 방망이를 힘껏 휘둘렀는데 공에 맞았는지 '딱' 하는 소리가 경쾌하게 들렸다. 방망이를 내동댕이친 사람이 두 팔을 휘두르면서 어디론가 뛰어갔다. 공터 여기저기에 서 있던 사람들이 바쁘게 움직이면서 굴러간 공을 집어서 두 사람이 있는 방향으로 던졌다. 깜짝 놀란 배정근이 이복림을 감싸 안았다. 두 사람에게 날아오던 공을 누군가가 낚아채서는 방망이를 던지고 달리던 사람을 건드렸다. 그러자 검은 옷을 입고 모자를 쓴 채 공터 한복판에 서 있던 외국인이 번쩍 손을 들었다.

"아웃!"

방망이를 던지고 뛴 사람은 마치 송사에서 진 것처럼 펄쩍 뛰었고, 공을 던졌던 사람은 주먹을 불끈 쥐고 마치 과거에 합격한 것처럼 기뻐했다. 그 모습을 본 이복림이 물었다.

---

* 집 앞뒤로 만들어 놓은 인공 수로. 생활하수를 내보내는 역할을 했다.

"이 사람들 뭐하는 거야?"

영문을 모르기는 매한가지였던 배정근이 고개를 저었다.

"나도 잘 모르겠어."

대답은 등 뒤에서 들렸다.

"야구라는 운동경기다."

두 사람이 고개를 돌리자 단추가 달린 두루마기를 입은 반백의 노인이 뒷짐을 지고 서 있었다. 고개를 숙여 인사를 한 배정근이 물었다.

"저게 야구라는 건가요? 얘기만 들었지 실제로 하는 건 처음 봤어요."

"나도 처음에는 저게 뭔가 싶었다. 미리견 선교사 길례태*가 처음 소개했는데 아이들이 제법 좋아하더구나. 작년에는 황성기독교청년회(YMCA)와 독어학교랑 첫 번째 야구경기가 열렸단다."

노인의 친절한 설명을 들은 배정근이 물었다.

"어떤 식으로 경기를 하는 건가요?"

"저기 저쪽에 방망이를 들고 있는 사람이 타자란다. 가운데에서 타자 쪽으로 공을 던지는 사람은 투수고, 투수가 던진 공을 타자가 맞추는 방식이다. 공터 여기저기 흩어져 있는 사람들 보이지?"

"네."

---

* 질레트의 한국 이름.

"수비라고 부르는데 공을 잡아서 공을 친 타자가 1루에 도착하기 전에 보내면 아웃이 되는 거지."

"그 전에 타자가 도착하면 사는 건가요?"

"그렇지. 그리고 그렇게 나간 타자가 2루와 3루를 거쳐서 공을 쳤던 자리로 돌아오면 1점을 얻는 거지. 그런 식으로 점수를 많이 내는 쪽이 이기는 거란다."

옆에서 듣던 이복림이 물었다.

"윷놀이할 때 말이 돌아오는 거랑 비슷하네요."

그녀의 당돌한 말에 노인이 껄껄 웃었다.

"듣고 보니 옳은 말이로구나. 말이 살아 있고, 윷을 던지는 대신 공을 때린다고 보면 되겠다."

얘기를 주고받는 사이 투수가 던진 공을 타자가 방망이로 힘껏 쳤다. 하늘 높이 솟은 공은 공터 뒤편 소나무 숲 너머로 사라졌다. 방망이를 내던진 타자가 두 손을 번쩍 들고 환호성을 지르면서 1루와 2루를 거쳐 3루로 달려갔다. 투수는 낙담한 표정으로 고개를 숙였는데 뒤쪽에 서 있던 검은 옷의 외국인이 다가와 어깨를 토닥거려 주었다. 그 광경을 본 노인이 덧붙였다.

"저 사람은 심판이란다. 야구 경기가 제대로 진행되는지 지켜보고 공과 타자가 1루에 비슷하게 도착했을 때 죽는지 사는지를 판단해 주는 역할을 하지."

노인의 얘기를 들은 배정근이 중얼거렸다.

"우리에게도 저런 심판이 있었으면 좋겠어요."

그러자 노인이 껄껄 웃었다.

"진짜 그랬으면 좋겠구나. 하지만 남에게 기대는 습관을 들이는 건 좋지 않단다. 힘들어도 우리 손으로 해내야지. 그래, 처음 보는 얼굴들인데 어디서 왔느냐?"

"네. 저는 손탁호텔에서 일하는 배정근이라고 하고, 이쪽은 이화학당 학생 이복림입니다. 《대한매일신보》 사장 배설 씨를 만나러 왔습니다."

"그 사람은 무슨 일로?"

"손탁 여사님과 관련해서 여쭐 게 있어서요."

"그래? 저기 심판을 보고 있는 외국인이 배설 사장이란다."

배정근은 경기에 열중하고 있는 배설의 모습을 바라봤다. 풍채가 좋고 건장한 체격이라 듬직해 보였다. 배정근이 배설을 바라보자 노인이 말했다.

"야구 경기가 끝날 때까지는 말을 붙여도 소용없을 게다. 신문사 안에서 기다리고 있으면 끝나고 들어올 테니 그때 만나 보는 게 어떻겠니?"

"그래도 되나요?"

"그럼."

노인의 호의에 배정근이 감사를 표했다.

"감사합니다. 어르신."

"참, 나는 《대한매일신보》에서 일하고 있는 박은식이란다."

노인의 이름을 들은 배정근은 깜짝 놀랐다. 형이 종종 가져오는 《대한매일신보》에서 이름을 본 적이 있었기 때문이다. 배정근이 자신을 알아보자 박은식이 껄껄 웃었다.

"따라오너라."

대한매일신보사는 공터와 맞닿아 있는 담장 안쪽의 단층 한옥 안에 있었다. 벽은 흙 대신 벽돌로 쌓았고, 유리창을 달아 놔서 사람들이 일하기 편리해 보였다. 박은식은 《대한매일신보》라는 현판 옆의 유리문을 옆으로 밀고 안으로 들어갔다. 안에는 온돌이나 살림방 대신 탁 트인 공간이 나왔다. 가운데에는 큰 책상이 놓여 있었고, 맞은편 벽 쪽에는 난생 처음 보는 기계들이 있었다. 왼쪽 벽에는 나무로 만든 책장이 있었는데 종이가 잔뜩 쌓여 있었다. 책상 주변에는 서너 명의 남자들이 앉아 있는 게 보였다. 다들 망건과 갓을 쓰고 있었고, 조끼나 마고자 차림이었다. 문이 열리는 소리를 듣고 그중 한명이 고개를 들었다.

"겸곡* 선생님. 어디 갔다 오십니까?"

"어디긴, 가슴이 답답해서 바람 쐬러 나갔다 왔지. 기사는 잘 쓰고 있는가?"

질문을 받은 남자가 고개를 꼿꼿이 들고 대답했다.

---

* 박은식의 호.

"열불이 터져서 눈을 감고 있어도 저절로 손이 움직입니다."

대답한 남자는 30대 후반으로 보였다. 바짝 마른 얼굴 덕분에 광대가 유난히 도드라져 보였고, 짙은 콧수염과 부리부리한 눈은 보통 성격이 아니라는 점을 드러냈다. 남자의 거친 대답을 들은 박은식은 껄껄거리면서 배정근에게 말했다.

"저 사람은 말이다. 세상 물정을 모르는 바보란다."

"네?"

"그러니까 다들 나라를 팔아먹으려고 혈안이 되어 있는데 그 좋은 예식원*을 때려치우고 나왔으니까 말이다."

박은식의 얘기에 책상에 앉아 있던 다른 사람들이 이를 드러내며 웃었다. 웃음거리가 된 남자가 얼굴을 붉혔다.

"세상이 미쳐 돌아가는데 저만이라도 제자리를 지켜야죠. 그런데 같이 들어온 아이들은 누굽니까?"

"아! 배설 사장을 만나러 온 아이들일세. 밖에서 야구 심판을 보는 중이라 들어와서 잠깐 기다리라고 했지. 이쪽은 배정근이고 그 옆은 이복림일세."

소개를 받은 남자가 벌떡 일어나서 두 사람에게 다가왔다.

---

* 1900년 황제의 직속기관인 궁내부의 하부기관으로 대외 밀서와 국서의 번역 등의 일을 맡은 기관. 양기탁은 1904년부터 예식원 번역관보로 일하다가 을사늑약이 체결된 직후인 1905년 11월에 사임했다.

"만나서 반갑다. 내 이름은 양기탁이라고 한다."

형이 가져온 《대한매일신보》에서 이름을 봤던 기억을 떠올린 배정근이 얼른 대답했다.

"올 초에 밀서 기사 잘 봤습니다."

"너도 봤구나. 왜놈들이 하도 거짓말을 해서 한 방 먹였지. 덕분에 나나 배설 사장이나 고생 좀 하고 있지. 저쪽에 의자가 있으니까 앉아서 기다려라."

"네."

공손하게 대답한 배정근은 이복림과 함께 창가 쪽 의자에 앉았다. 나란히 앉은 이복림이 물었다.

"밀서 기사라는 게 뭐야?"

"그게 뭐냐면 말이야. 작년에 영길리의 《트리뷴》이라는 신문에 황제 폐하가 보낸 밀서에 관련된 기사가 난 적이 있었거든."

"밀서?"

"응. 황제 폐하께서 재작년에 체결된 을사조약이 일본의 강압에 의해 체결된 것이고 절대 동의한 적이 없다는 내용이었어. 그리고 일본의 침략을 열강들이 막아 달라고 호소한 거지. 몰랐니?"

배정근의 물음에 이복림은 우울한 표정으로 고개를 저었다. 올 초까지 지내던 과천은 신문을 자주 볼 수 없는 곳이었다. 게다가 아버지는 계집이 세상 물정을 알아서 무얼 하냐면서 책이나 신문 읽는 것을 못 하게 했다. 한성에 올라와서도 이화학당에 갇혀 있다시피 했기 때문에 세상 물정에 대해서 잘 모를 수밖에 없었다. 배정근에게 설명을 들은 이복림이 물었다.

"그런데 그게 어떻게 영길리 신문에 실리게 된 거야?"

"자세한 건 몰라. 우리 형이 얘기한 걸로는 감시를 피해서 바짓가랑이 사이에 밀서를 숨겨서 건네줬다고 하더라."

"그렇게 된 거였구나."

"어차피 국내 신문은 검열 때문에 실리지도 못해. 을사조약이 체결되었을 때 《황성신문》에서 〈시일야방성대곡〉이라는 논설을 실었다가 사장인 장지연이 체포되고 신문은 그대로 폐간된 적이 있었거든."

"그래서 황제 폐하께서 외국 신문에 밀서를 보냈구나."

"맞아. 《트리뷴》에 기사가 실리니까 일본의 이토 통감은 밀서가 가짜라고 펄쩍 뛰었어. 그렇게 얘기들이 오가는 와중에 올 초에 《대한매일신보》에서 황제 폐하의 밀서 기사를 대문짝 만하게 실었어."

"그래서 핍박을 받았다는 거야?"

이복림의 물음에 배정근은 고개를 끄덕거렸다.

"그나마 사장인 배설이 외국 사람이라 통감부에서 어찌하지 못하고 있어."

배정근은 그날 흥분한 표정으로 집에 들어선 형이 《대한매일신보》를 펼쳐 들었던 때를 기억했다. 내용을 다 읽어 준 형은 이제 나라가 어찌될지 모른다면서 크게 걱정했다. 물론 그때나 지금이나 크게 변한 것은 없었다. 하지만 내일도 오늘 같으리라는 법은 없다는 점이 그를 불안하게 만들었다. 그런 불안감이 사라진 손탁 여사를 찾으라고 등을 떠민 것이나 다름없었다. 흥분한 배정근의 표정을 바라본 이복림이 작게 한숨을 쉬었다.

"옳은 일을 했을 뿐인데 핍박을 받다니…."

이복림의 얘기를 듣고 우울해진 배정근이 고개를 떨궜다. 그때 문이 벌컥 열리면서 배설이 들어섰다. 커다란 몸집에 배가 살짝 나온 배설은 검정색 양복에 회색 바지 차림이었다. 짙은 눈썹에 매부리코라서 강인하고 고집스러워 보였다. 안으로 들어선 배설은 머리에 쓰고 있던 모자를 옷걸이에 던지듯 걸어 놓고는 일을 하던 직원들에게 영어로 말했다. 옆에 있던 이복림이 배설이 한 얘기를 통역해 주었다.

"21대 8로 우리 신문사 공무국 직원들이 이겼어."

배설의 말에 박은식과 얘기를 나누던 양기탁이 영어로 대꾸했다. 이번에도 이복림이 통역을 해 줬다.

"그 핑계 대고 공무국 직원들이랑 술 마시지 말래."

그 말을 들은 배설 사장이 껄껄 웃고는 영어로 양기탁과 몇 마디 얘기를 나눴다. 그러다가 뒤늦게 구석에 있던 두 사람을 발견하고는 양기탁에게 물었다. 아주 간단한 영어라 배정근도 알아들었다. 저 사람들은 누구냐는 물음이었다. 그들 쪽으로 다가온 양기탁이 영어로 대답한 것을 이복림이 통역해 줬다.

"남자는 손탁호텔에서 일하는 배정근, 여자는 이화학당 학생 이복림. 손탁 여사에 대해서 물어볼 게 있어서 왔다고 얘기했어."

양기탁에게 설명을 들은 배설이 두 사람을 똑바로 바라보더니 이쪽으로 오라고 손짓을 했다. 그러고는 구석에 벽을 등진 책상으로 갔다. 아마 자기 책상 같았다. 두 사람에게 가 보라고 얘기한 양기탁이 말했다.

"통역해 주려고 했는데 이화학당 학생이 영어를 제법 하는 거 같구나."

칭찬을 들은 이복림이 쑥스러운 표정으로 가만히 웃었다. 책상으로 돌아간 양기탁은 박은식과 얘기를 주고받으면서 종이에 기사를 썼다. 의자에 앉은 배설은 서랍을 열고 브랜디 병을 꺼낸 다음 그대로 쭉 한 모금 들이켰다. 그 모습을 본 양기탁은 눈살을 찌푸렸지만 별다른 말은 하지 않고 돌아섰다. 브랜디를 마시고 손등으로 입가를 닦은 배설이 배정근에게 물었다. 이복림이 빠르게 통역을 해 준 덕분에 금방 알아들을 수 있었다.

"손탁호텔에서 일한다고?"

"네, 몇 달 되었습니다. 가끔씩 찾아오시는 걸 뵌 적이 있습니다."

"기억나는 거 같기도 하네, 그런데 손탁 여사에 관한 일이라니?"

배정근은 헐버트와 비슷한 반응을 보이는 배설에게 말했다.

"손탁 여사님이 얼마 전부터 안 보이십니다."

얘기를 들은 배설의 반응은 헐버트 선교사보다 직접적이었다. 놀란 그는 두 눈을 부릅뜬 채 큰 소리로 말했다.

"그게 사실이냐?"

배정근은 너무 목소리가 커서 움찔했지만 신문사 직원들은 익숙한 모습이라서 그런지 묵묵히 자기 할 일만 했다. 몸을 잔뜩 수그린 채 책상에 두 팔을 올린 배설이 물었다.

"언제부터?"

"며칠 되었습니다. 이토 통감이 연회를 베풀고 난 직후에 사라졌어요."

"어디 간다는 말도 없이?"

"사실은 종종 궁궐에서 일하느라 자리를 비우신 적이 있지만 이렇게 오래 비우신 적은 없었다고 합니다. 그리고 사라진 지 며칠 후에 청도에 갔다 온다는 편지를 남겨 놓으셨습니다."

이복림이 배정근의 말을 영어로 통역해 주자 듣고 있던 배설이 한쪽 눈을 찡그렸다.

"청도? 거긴 왜?"

"헐버트 선교사 얘기로는 엠마 크뢰벨 여사를 만나러 갔을지 모른다고 했습니다."

설명을 들은 배설은 고개를 살짝 돌린 채 중얼거렸다.

"지금 그럴 때가 아닌데."

"그게 무슨 뜻입니까?"

배정근의 물음에 배설은 고개를 저으면서 얼버무렸다.

"별거 아니다. 그러니까 편지 한 장 남겨 놓고 종적을 감췄다는 얘기지?"

"맞습니다. 그런데 여러모로 의심스러운 점이 있습니다."

배정근은 헐버트에게 얘기했던 것처럼 편지의 의심스러웠던 점들을 털어놨다. 설명을 들은 배설이 대답했다.

"네 말대로 의심스러운 점이 있구나. 뭔가 있는 게 분명해."

심각한 표정으로 대답한 배설이 팔짱을 낀 채 생각에 잠겼다. 그 모습을 본 배정근이 조심스럽게 물었다.

"사장님은 헐버트 선교사와 더불어서 손탁 여사님을 자주 만나시던 분입니다. 그래서 혹시나 아시는 게 있는지 해서 찾아온 겁니다."

"무슨 얘긴지 알겠다. 하지만 나는 일이 있어서 찾아갔을 뿐이다. 사적인 얘기를 나누거나 들은 적은 별로 없어."

"저는 손탁 여사님의 실종이 하시던 일 때문이라고 믿습니다. 그런데 그 일이 뭔지 잘 모르겠어요. 혹시 무슨 일로 손탁 여사님을 만나셨고, 어떤 이야기를 나눴는지 알 수 있을까요?"

조심스러운 배정근의 물음에 배설이 아무 말 없이 두 사람을 쏘아봤다. 적대감까지는 아니지만 의심 가득한 눈길로 한참을 바라보던 배설이 배정근에게 말했다.

"나와 관련된 일 때문에 사라졌다고 생각하는 거냐?"

"그걸 알아보는 중입니다."

누군가가 손탁 여사의 방에 침입해서 뭔가를 찾고 있었던 사실은 말하지 않았지만 여러 정황들이 손탁 여사의 실종이 단순하지 않다는 것을 암시했다. 그리고 그 열쇠를 그녀가 만나던 사람들 중에서 찾을 수 있을 것이라고 배정근은 생각했다. 그의 얘기를 들은 배설이 관자놀이에 손가락을 대고 잠시 고민하다가 서랍을 열어서 궐련을 꺼낸 다음 성냥으로 불을 붙였다. 불이 붙은 궐련을 깊게 한 모금 빨아서 내뱉은 배설이 둘을 번갈아 가면서 바라봤다.

"어떤 얘기를 듣고 싶은 거냐?"

"전부 다요."

이복림을 통해 배정근의 대답을 들은 배설이 희미하게 웃었다.

"내 아버지가 일본에서 사업을 하셨단다. 그리고 런던으로 돌아오셨을 때 나는 일본으로 건너갔지. 열일곱 살이었는데 영국에서는 딱히 할 것도 없었고, 아버지 말이 일본은 새로운 시장이라 조금만 일해도 큰돈을 벌 수 있다고 했다. 고베로 가서 아버지의 동업자였던 니콜 밑에서 일했다. 그리고 나이가 좀 들어서 동생들과 함께 베델 브라더스라는 회사를 차려서 사업을 했지. 일본에서 산 골동품을 영국으로 팔고, 영국에서는 옷감 같은 것을 들여와서 팔았단다. 고베에 가 본 적 있니?"

배설의 물음에 배정근은 고개를 저었다. 연기를 내뱉은 배설이 그때를 회상하는지 눈을 가늘게 떴다.

"고베는 정말 큰 도시였다. 나날이 커져 가는 도시였고, 외국인 거류지는 정말 잘 조성되어 있었단다. 영국인도 제법 많아서 외롭지 않았지. 나는 그곳 생활이 정말 즐거웠다. 사교클럽에도 열성적으로 참여해서 크리켓도 즐기고 수영도 제법 했단다. 내 자랑 같지만 무대에서 분장을 하고 노래를 부르면 다들 뒤집어졌단다."

얘기를 한참 하던 배설은 브랜디를 또 한 모금 마시고는 새 담배에 불을 붙였다.

"그렇긴 했지만 사업은 별로였단다. 내가 성격이 좀 급하고 괄괄한 편이라 사업가 스타일은 아니지. 게다가 그 재수 없는 일본 놈들은 늘 말을 뒤바꾸고 뒤통수를 치기 일쑤였단다. 게다가 치외법권 기간이 끝나면서 툭 하면 소송을 걸어서 이리저리 돈을 뜯어냈지. 결국 사업이 제대로 되지 않아서 고민하던 차에 조선에서 러시아와 일본이 전쟁을 벌였다는 얘기를 들었지. 영국의《데일리 클로니클》이라는 신문사에서 전쟁터로 파견할 특파원으로 토마스 클라크 코웬과 나를 고용했어. 그래서 1904년 3월에 이 땅에 왔단다. 고베에 있을 때 신문에 기고한 적이 있고, 일본어를 잘해서 다른 특파원들처럼 통역이 필요 없었거든."

배정근은 일본을 날카롭게 비판하는《대한매일신보》를 운영하는 배설이 일본에서 오랫동안 사업을 했다가 특파원으로 건너왔다는 사실을 처음 알았다. 배정근이 놀란 눈치를 보이자 싱긋 웃은 배설이 얘기를 이어갔다.

"조선에 오자마자 특종도 하나 건졌단다. 4월에 경운궁에서 큰 화재가 났을 때 단독으로 취재를 해서 신문에 실을 수 있었지. 하지만 배은망덕한 신문사는 나를 해고했단다."

"해고요?"

열심히 통역을 하던 이복림이 묻자 배설이 대답했다.

"내가 쓴 기사가 마음에 들지 않았던 거지. 영국인들은 일본놈들이 얼마나 악랄하고 비열한지 몰라. 단지 꼴 보기 싫은 러시아가 당하고 있다는 거에만 열광하고 있지. 그래서 그런 분위기에 맞춰서 기사를 써 달라고 해서 싫다고 거절했다. 그랬더니 해고를 한 거지."

배설의 얘기를 들은 배정근이 물었다.

"다음에 무엇을 하셨어요?"

"고민을 좀 했지. 일본에 돌아가서 다시 사업을 할까? 하지만 재수 없는 일본놈들이랑 얼굴을 맞대고 일하고 싶지는 않았어. 영국으로 돌아갈까? 그것도 별로였어. 어쨌든 난 동양에서 삶의 절반을 살았으니까 이곳에 더 있고 싶었단다. 그러다가 문득 깨달았지. 조선에는 영자 신문이 하나도 없다는 걸 말이다."

생각만 해도 신이 난다는 표정을 지은 배설이 어깨를 으쓱거렸다.

"러일전쟁도 그렇고 조선에 관한 소식을 가장 먼저 전할 영자 신문을 만든다면 제법 잘될 거라는 생각이 들었단다. 그래서 함께 특파원으로 왔다가 해고당한 코웬, 그리고 저쪽에 있는 미스터 양과 함께 영자 신문인《코리아 데일리 뉴스》를 만들기로 했지. 7월에 첫 신문이 나왔다. 시작은 순조로웠지만 코웬이 손을 털고 나가고 신문이 생각보다 안 팔려서 자금난에 봉착했어. 그래서 1905년 초반에는 잠깐 신문을 휴간하고 일본으로 건너가서 자금을 모아야만 했다. 사람들은 내가 신문사를 차린 후에, 아니 차린 것 자체가 대한제국 황제의 지원을 받아서라고 하지만 말도 안 되는 얘기란다. 심지어 어떤 놈들은 러시아 쪽 자금을 받았다고 중상모략을 하기도 했지."

"그래서 휴간했던 신문은 언제 다시 복간된 건가요?"

"1905년 8월부터였다. 일본에 가서 아예 인쇄 기계를 사와서 직접 신문을 찍었단다. 내친 김에 한글판《대한매일신보》도 함께 만들었단다. 영자 신문만 가지고는 운영이 어렵기도 했고, 미스터 양이 한글판을 내자고 하도 졸라서 말이야."

배설의 얘기를 들은 배정근이 말했다.

"저도 형이 가져온《대한매일신보》자주 봤어요."

"애독자였군. 어쨌든 한글판이 나오면서 신문은 날개 돋친 듯이 팔렸단다. 물론 일본놈들이랑 영국 공사관 직원 놈들은 나를 싫어했지만 말이다."

"일본 사람들은 그렇다 쳐도 왜 같은 나라 사람들이 미워한 건가요?"

"굳건한 동맹국인 일본의 심기를 거스르지 말아야 한다는 이유였지. 그리고 내가 성공하자 질투를 한 것도 있었고 말이야. 나랑 같이 신문을 만들다가 갈라진 코웬이 어떤 짓을 했는지 아니?"

"아뇨."

"황제를 비난하고 조선을 구제 불능이라고 말하고 다녔단다. 그런 반면에 일본놈들은 성실하고 지성적이라면서 말도 안 되는 거짓말을 했지. 그리고 일본으로 돌아가서 그곳에서 죽었단다. 어쨌든 8월에 복간한 이후에는 순조롭게 신문이 잘 나갔지. 물론 일본놈들은 나를 못 잡아먹어서 안달이지만 대영제국의 시민인 나를 함부로 건드리지는 못하지."

득의양양한 미소를 지은 배설의 말에 배정근은 자그마한 안도감을 느꼈다. 그가 일본의 압력에도 불구하고 계속 신문을 찍을 것 같다는 생각이 들었던 것이다. 숨을 가다듬은 배정근이 새로운 퀼련을 꺼내려는 배설에게 물었다.

"손탁 여사님을 찾아오신 이유는 무엇입니까?"

집어든 퀼련에 불을 붙인 배설이 느릿하게 대답했다.

"일 때문이었다."

"무슨 일이요?"

"손탁 여사를 통해 황실의 자금 후원을 받았지."

뜻밖의 얘기를 들은 배정근은 저도 모르게 마른침을 삼켰다. 그 모습을 보고 피식 웃은 배설이 담배를 물었다.

"오해는 하지 말고 들어라. 원래 신문은 운영이 여러모로 어렵기 때문에 외부의 후원을 받는 일이 종종 있단다. 사실 나랑 코웬이랑 틀어진 것도 일본 공사관의 자금 지원 문제였다."

"정말이요?"

"코웬은 일본 공사관 쪽에 줄을 대서 거기서 자금 지원을 받으려고 했지. 하지만 나는 신문에다가 일본이 조선의 황무지를 개간한다는 이유로 강제로 탈취하려 한다고 비판했지. 그랬더니 펄펄 뛰면서 나 때문에 일이 틀어졌다고 화를 내서 결별했단다. 하지만 기자는 사실을 알리고 그걸 바로잡는 일을 해야 하는 법이다. 자기 이득 때문에 거짓말을 하는 놈들은 기자 자격이 없는 거야."

"황제 폐하께는 언제부터 자금 지원을 받으신 건가요?"

"복간한 다음부터다. 내가 처음부터 궁궐에서 돈을 받았다고 하는 작자들이 있는데 말도 안 되는 얘기다. 여기서 보기에 나는 반평생을 일본에서 살면서 사업을 했던 사람이다. 그런 사람이 와서 신문을 내겠다고 하는데 선뜻 돈을 주겠니? 내가 쓴 신문의 논조가 조선 사람들에게 지지를 받는다는 것을 알고 난 다음부터 도움을 받았단다."

"그 지원은 손탁 여사를 통했나요?"

"물론이지. 내가 궁궐로 직접 들어갈 수는 없는 노릇이고, 반대로 궁궐에서도 나에게 직접 건네줄 수는 없었으니까, 만약 공식적으로 궁궐에서 자금을 지원받는 게 알려지면 그걸 위해서 조선 사람들의 편을 들었다는 비난을 받았을 것이다."

"손탁 여사님은 그런 위험부담이 없었군요."

"궁궐에 드나들긴 하지만 눈에 띄는 직책은 아니었고, 외국인이었으니까 상대적으로 의심을 덜 받았지."

"그럼 호텔에 오실 때 돈을 받으신 건가요?"

배정근의 물음에 배설이 고개를 끄덕거렸다.

"대체로, 손탁 여사가 수표를 건네줬다. 그리고 가끔 궁궐 소식을 들으려고 취재차 만나기도 했지."

"마지막으로 만나셨을 때 이상한 점은 느끼지 못하셨나요?"

"이상한 점이라…."

잠시 생각에 잠겨 있던 배설이 입을 열었다.

"전쟁이 끝나고 러시아 공사관이 철수한 이후에는 내내 침울해하셨지. 하지만 자기가 무슨 일을 해야 하는지는 누구보다 잘 아는 분이었단다."

"그 말씀은 갑자기 어디론가 가실 분은 아니라는 얘긴가요?"

"우리는 못해도 한 달에 한 번씩은 만났단다. 연락이 없어서 기다리고 있었지만 다음 주쯤에는 만나야만 한단. 그런데 언제 돌아온다는 얘기도 없이 떠났다는 편지만 달랑 남겨 놨다고? 내가 아는 손탁은 절대 그럴 사람이 아니란다."

"손탁 여사님이 사라지면 자금 지원도 못 받으시는 건가요?"

배정근의 질문에 배설은 우울한 표정을 지었다.

"그렇지는 않단다. 다른 방법이 있긴 하니까, 하지만 일본놈들 눈에 띌 것이고, 그러면 여러 말이 나올 수밖에 없지. 안 그래도 계속 나를 처리해 달라고 영국 공사에게 압력을 넣고 있는 중이라 좋은 빌미가 될 수도 있단다."

배설은 손탁을 통해 궁궐 소식을 듣는다고 했던 헐버트와 비슷한 처지였다. 손탁이 사라지면 곤란해진다는 공통점도 있었다. 결국 손탁 여사의 실종은 자주 찾아왔던 이 두 사람을 곤경에 빠트리기 위한 것일 수도 있다는 얘기였다. 그리고 그것이 누구에게 이득이 될 건지 생각해 보자 마음이 아득해졌다. 배정근의 표정을 살피던 배설이 서랍에 넣어 뒀던 브랜디 병을 꺼냈다.

"머릿속이 복잡한 모양이구나. 그럴 때는 술이 제격이지."

주저하던 배정근은 배설이 건넨 브랜디 병을 들고 한 모금 마셨다. 쓰디 쓴 브랜디가 목구멍을 타고 내려가자 몸 안에 불이 붙는 듯했다. 배정근이 브랜디 병을 내려놓고 콜록거리자 배설이 쓴웃음을 지었다.

"술을 마시지 않고는 버티기 힘든 세상이지."

배정근은 술기운을 빌려서 당돌하게 대답했다.

"그래도 잘 버텨 보겠습니다."

"일본놈들 소행 같니?"

단도직입적인 배설의 물음에 배정근은 고개를 살짝 갸웃거렸다.

"그럴 가능성이 가장 높습니다. 하지만 통감부에서 공식적으로 손을 쓸 수 있는데 비밀리에 움직일 만한 이유는 없을 거 같아요. 차라리 공식적으로 체포하는 게 여러모로 편하잖아요."

"그렇지. 얼토당토않은 이유로 재판을 걸어서 괴롭혔다가 추방하는 게 그놈들 방식이지. 나한테도 그런 수작을 부릴 준비를 하는 모양이다."

"정말이요?"

"일본 공사관 관리가 영국 공사관 직원과 계속 만나서 내 문제를 얘기하는 것 같다. 이제 머잖아 무슨 수를 쓰는지 알겠지. 나와 이 신문사를 어떻게든 떼어 놓으려고 할 거야."

책상에 앉아서 글을 쓰고 있는 양기탁과 박은식을 비롯한 기자들을 바라본 배설이 덧붙였다.

"하지만 이 자리에서 나를 쫓아낼 수는 없을 거다."

"그럼요. 계속 자리를 지켜 주세요. 말씀 감사합니다."

배정근이 일어날 기미를 보이자 배설이 만류했다.

"잠깐만."

서랍을 뒤적거리던 배설이 책상 위에 꺼낸 것은 원통형 망원경이었다.

"나보다 너한테 더 필요할 거 같구나. 이걸로 손탁 여사를 찾아 봐라."

주저하던 배정근은 망원경을 챙긴 다음 고개를 숙였다.

"감사합니다."

"멀리 안 나가마."

의자에 앉은 채 손을 흔든 배설은 곧바로 서랍에서 브랜디 병을 꺼냈다. 그 모습을 보고 두 사람은 신문사 밖으로 나왔다. 바깥 공터에서는 아까처럼 사람들이 공을 던지고 치는 중이었다. 그 광경을 물끄러미 바라보던 이복림이 배정근에게 물었다.

"일본놈들 짓이 아니면 누구 소행일까?"

"그러게."

손탁 여사는 사업을 하거나 선교 활동을 하지 않았다. 그냥 궁궐에 드나들고 호텔을 운영한 게 전부였다. 따라서 누군가에게 원한을 사거나 빚을 질 일이 없었다. 가까이서 지켜본 손탁 여사는 모두에게 친절하게 행동했기 때문에 대놓고 미워하는 사람도 없었다. 이런저런 고민을 하느라 미처 앞을 살피지 못했던 배정근은 눈앞에 나타난 황만덕을 뒤늦게 발견했다. 어떻게 이렇게 빨리 따라왔을까 하는 의문이 채 가시기도 전에 황만덕의 비웃음이 들렸다.

"꼴에 양놈들 옷 입고 다니는군."

사람이 끄는 인력거는 어림도 없고, 그 다음 전차를 타고 왔다고 해도 이렇게 빨리 눈앞에 나타나리라고는 생각지도 못했던 배정근은 충격을 받고 말았다.

"어, 어떻게?"

"뛰는 놈 위에 나는 놈 있다는 속담 몰라? 네 놈이 어딜 가든 내 손바닥 안이라고."

뒤늦게 품속에 넣어 둔 칼이 떠올랐지만 섣불리 꺼낼 분위기가 아니었다. 배정근이 아무 말도 못 하고 있는 와중에 이복림이 끼어 들었다.

"너, 호텔에서 쫓겨났다면서 왜 자꾸 꽁무니를 쫓아다니는 거야?"

"어라? 그 와중에 계집까지 끼고 다녔네."

"잔말 말고 왜 쫓아다니는지나 얘기해."

"넌 몰라도 돼."

황만덕은 이죽거리면서 무시했지만 이복림은 물러나지 않았다.

"계속 쫓아다니고 괴롭히면 우리 큰아버지한테 얘기해서 감방 에 집어넣을 거야."

"어쭈! 계집이 입만 살아 가지고는."

황만덕이 당장이라도 때릴 것처럼 굴었지만 이복림은 눈 하나 깜짝하지 않았다.

"입만 살았는지 아닌지는 증명해 줄 수 있어. 우리 큰아버지는 법부대신보다 높다고."

두 사람의 입씨름이 길어지는 가운데 신문사의 문이 열리고 배 설이 나왔다. 그러자 눈을 부라리던 황만덕이 언제 그랬냐는 듯 잽싸게 몸을 돌려서 도망쳐 버렸다. 어이없는 광경을 본 배설이 물었다.

"누구냐?"

배정근이 대답하기 전에 이복림이 말했다.

"손탁호텔에서 일하다 쫓겨난 아이래요. 어제부터 우리 뒤를 쫓아다니고 있어요."

"일본놈들한테 돈을 받고 염탐하는 모양이구나. 불쌍한 영혼 같으니…."

혀를 찬 배설이 사람들이 야구를 하고 있는 공터로 걸어갔다. 어찌된 일인지 알 수 없었지만 일단 위기를 벗어난 상황이라 한숨 돌린 배정근은 서둘러 움직이기 위해 이복림의 팔을 잡았다.

"큰길로 나가서 인력거를 타자."

알겠다고 대답한 이복림이 조심스럽게 팔을 뿌리쳤다. 어색해진 분위기 때문에 인력거를 잡아타고 정동으로 돌아올 때까지 아무 말도 하지 않았다. 대한문 앞 센트럴호텔 앞에서 내린 두 사람은 천천히 정동을 걸었다. 한참을 말없이 걷던 이복림이 물었다.

"황만덕 말이야? 왜 우리가 조사하는 걸 방해하는 거지?"

"호텔을 쫓겨난 게 나 때문이라고 생각하고 있나 봐."

"그럼 분풀이를 하든가, 그냥 어딜 가는지 쫓아오기만 하잖아. 몰래 미행하는 것도 아니고."

이복림의 얘기를 들은 배정근 역시 이상하다고 느꼈다.

"왜 가는 곳마다 모습을 드러내면서 협박을 한 것일까? 손탁 여사가 사라졌다면 오히려 좋아해야 할 텐데 말이야."

"혹시 쫓겨난 원한으로 일본놈들 앞잡이가 된 건 아닐까?"

"그럴지도 모르겠다. 그나저나 어떻게 우리를 그렇게 빨리 쫓아왔을까?"

"등에 날개라도 달렸나 보지."

이복림의 농담에 기분이 어느 정도 풀린 배정근은 웃으면서 발걸음을 뗐다. 이화학당 앞에 도착할 무렵 뒤따라오던 이복림이 말했다.

"매일 오후에 설거지하러 우물가로 나올 거니까 그때 어떻게 돌아가는지 얘기해 줘."

"매일 나올 수 있겠어?"

"설거지 당번 대신해 준다고 하면 다들 좋아할 거야. 그럼 들어갈게."

고개를 돌린 이복림이 살짝 고개를 숙여 인사를 하고는 이화학당 정문으로 들어갔다. 그 모습을 지켜본 배정근도 발걸음을 옮겼다. 손탁호텔 정문을 들어서자 주변에서 서성거리고 있던 곰보가 반색을 했다.

"어서 와라."

심상치 않은 곰보의 말투와 눈빛을 본 배정근이 물었다.

"나 없는 동안 무슨 일 있었어?"

"일단 뒤쪽으로 가서 얘기하자. 아직 아무도 몰라."

곰보가 빠른 걸음으로 앞장섰고 배정근은 영문을 모른 채 뒤따라갔다. 뒤뜰로 걸어간 곰보가 돌아서서 말했다.

"아까 네가 나가고 오전 일을 마치고 말이야. 손탁 여사 방을 청소하러 들어갔거든. 그런데 말이야."

주변을 살피던 곰보가 배정근에게 다가와 귓가에 속삭였다.

"누가 방에 들어와서 뒤진 거 같아."

"뭐라고?"

깜짝 놀란 배정근의 목소리가 높아지자 곰보가 황급히 조용히 하라는 손짓을 했다.

"긴가민가하긴 했는데 확실해."

"대체 누구 짓인데? 열쇠는 네가 건네준 거밖에는 없잖아."

"손탁 여사님도 하나 가지고 있긴 하지만 지금 안 계시니까 우리 것밖에는 없어."

"그런데 어떻게 들어왔다는 거야?"

배정근의 물음에 곰보가 고개를 저었다.

"나도 모르겠어. 일단 방에서 얘기하자."

"알았어."

곰보가 계단을 밟고 올라가서 손탁 여사의 방문을 열쇠로 열었다. 삐걱거리는 소리와 함께 문이 열리자 배정근은 열려진 틈으로 몸을 집어넣었다. 곰보가 서둘러 문을 닫고는 크게 한숨을 쉬었다.

"아까 네가 나가고 점심 서빙 끝나고 잠깐 올라와 봤거든. 근데 뭔가 좀 이상하더라고. 그래서 여기저기 살펴봤는데 말이야."

떨리는 목소리로 얘기를 한 곰보가 마호가니로 만든 책상을 가리켰다. 배정근이 그곳에 다가가자 대번에 뭐가 이상한지 눈치 챘다.

"봉투칼이 뒤집혀져 있네."

원래는 날 부분이 위쪽으로 가 있어야 했는데 지금은 서랍 쪽으로 향해져 있었다.

"잉크병도 살짝 비뚤어져 있어."

손탁 여사가 사라진 이후에 들어와서 살펴본 적이 있었기 때문에 곰보가 얘기한 미묘한 변화를 알아차렸다. 차라리 그냥 헝클어진 것이라면 한 번쯤 생각해 봤겠지만 남아 있는 흔적들은 누군가 방을 뒤지고 나서 그 사실을 숨기려고 했다는 것을 암시했다. 방 안을 돌아본 배정근이 곰보에게 물었다.

"열쇠가 두 개밖에 없다고 했지?"

"맞아. 하나는 여사님이 가지고 다니고, 다른 하나는…."

잠시 말을 끊은 곰보가 주머니에서 열쇠를 꺼냈다.

"내가 가지고 있어."

"마지막으로 확인한 게 언제야?"

"이틀 전이었어. 그리고 어제 건너뛰고 오늘 들어와 보니까 이렇게 되어 있더라. 일하는 동안 열쇠는 내내 허리에 차고 있었고, 잘 때도 가지고 있었거든."

곰보의 성격을 잘 알고 있던 배정근은 그 말을 믿었다.

"그렇다면 누군가 열쇠를 복제했다는 얘긴데….'

"혹시 여사님이 돌아오셨던 게 아닐까?"

곰보의 말에 배정근이 고개를 저었다.

"청도로 간다고 편지까지 남겨 놓으신 분이 말도 없이 돌아온다고? 그리고 왔다가 귀신처럼 사라지는 게 가능해?"

"하긴, 보는 눈이 한둘이 아닌데. 그럼 대체 어떻게 여길 들어온 거지? 귀신이 곡할 노릇이네."

곰보의 얘기를 듣던 배정근은 문득 얼마 전의 일이 떠올랐다. 이토 통감이 개최한 연회 때 음식을 나르느라 열어 놨던 방에 누군가 있었던 것 같은 느낌을 받았던 일이 생각난 것이다.

"혹시….'

배정근은 문의 열쇠 구멍들을 살펴봤다. 미세하게 긁힌 흔적이 보였다. 뭔가를 이용해서 문을 열고 안으로 들어온 것이 분명했다.

"왜 그래?"

등 뒤에서 곰보의 목소리가 들리자 배정근은 고개를 저었다.

"아냐. 외부에서는 열쇠가 있다고 해도 이 안으로 들어오는 게 어렵겠지?"

"손님이 아니면 안에 들어올 수 없잖아. 우리 눈에 안 띌 리도 없고."

곰보의 얘기를 들은 배정근이 대답했다.

"밤에는 정문이랑 현관을 잠가 놓으니까 한밤중에도 들어오기 어렵지."

물론 2층 계단을 타고 올라오면 들어올 수 있지만 한밤중에 정동 한복판에 있는 손탁호텔로 들어오는 건 쉬운 일이 아니었다. 경운궁이 지척이고 외국 공사관들이 즐비한 곳이라 지키는 눈이 한둘이 아니기 때문이다. 그렇다면 손탁 여사의 방에 몰래 들어올 수 있는 것은 호텔 안에 머무는 보이와 손님들뿐이었다.

"어떡하지?"

곰보의 떨리는 목소리 덕분에 생각에서 깨어난 배정근이 대답했다.

"아직 확실한 건 아니니까 일단 입 다물고 지켜보자."

"그냥 지켜보자고?"

"아니, 범인을 찾아야지."

당장이라도 울 것 같은 곰보가 물었다.

"어떻게?"

"머리를 써서. 일단 이틀 동안 2층에 혼자 올라온 보이가 있는지 알아봐 줘. 눈에 띄면 안 되니까 조심스럽게 해야 해. 난 손님들의 동태를 살펴볼게."

"알았어. 그리고 이 열쇠 네가 가지고 있어. 겁이 나서 못 들고 있겠다."

곰보가 건넨 열쇠를 챙긴 배정근은 2층 복도로 나와서 객실을 바라봤다. 사실 손탁 여사를 무서워하는 보이들이 몰래 방으로 들어갔을 것 같지는 않았다. 귀중품을 노렸다면 모르겠지만 손탁 여사 방에는 귀중품이나 현금이 없었다. 그렇다면 방에 침입한 도둑은 다른 걸 노리고 들어온 게 분명했다. 그것이 손탁 여사의 실종과 닿아 있는 것이 분명했다. 만약 보이들이 아니라면 이 방에 들어올 수 있는 사람은 투숙객들이었다. 바깥에서 들어오지 않아도 되기 때문에 인적이 끊긴 밤에 조용히 문을 열고 나와서 이곳에 올 수 있기 때문이다. 아마 칼이나 정교한 도구를 이용해서 문을 열고 들어왔을 것이다. 형이 외국에는 그런 식으로 문을 열고 들어와서 도둑질을 하는 경우가 있다며 신문에 실린 기사를 보여 준 적이 있었다.

"대체 뭘 노린 거지?"

혹시나 해서 예전에 살펴봤던 서랍 속의 편지들을 봤지만 없어진 건 없었다. 누군가 들어온 것이 확실하지만 그게 누군지, 그리고 무엇을 노렸는지는 알 수 없게 된 것이다. 아까 황만덕의 미행도 그렇고 손탁 여사의 방에 누군가 침입했다는 사실은 앞날이 적잖게 험난하다는 점을 암시하는 것 같았다. 배정근은 불안함에 아랫입술을 잘근잘근 깨물었다. 형에게 털어놓고 도움을 구할까도 생각해 봤지만 고개를 저었다. 형에게 어려운 일을 부탁하고 싶지는 않았던 것이다. 정신을 가다듬은 그는 일단 유력한 용의자인 손님들을 살펴봐야겠다고 마음먹었다. 오후의 티타임 때가 가장 적

당할 것 같았다. 숨을 고른 배정근은 천천히 계단을 내려갔다. 때
마침 곰보를 비롯한 티타임 당번 보이가 지하에서 덤웨이터로 올
라온 융드립과 커피 잔을 챙기는 중이었다. 배정근이 얼른 곰보에
게 커피 잔들을 받아 들었다.

"나도 도와줄게."

커피 잔을 받아 든 배정근은 계단을 올라가서 살롱으로 향했다.
살롱에는 세 명의 투숙객이 모두 와 있었다. 계절이 봄을 지나 여
름으로 접어드는 4월이었기 때문에 테라스와 통하는 살롱의 창문
은 활짝 열려 있었다. 녹색 천이 덮여 있는 원탁에 띄엄띄엄 앉은
세 사람은 가끔씩 서로의 얼굴을 바라볼 뿐 아무 말이 없었다. 보
이들은 능숙한 손놀림으로 융드립에 뜨거운 물을 부어서 커피를
내렸다. 커피를 옮기는 건 배정근의 몫이었다. 그러면서 투숙객들
을 가까이에서 살펴보았다. 시골뜨기 박석천은 저고리 위에 푸른
색 마고자를 껴입은 차림이었다. 마고자 주머니에는 안경집이 꽂
혀 있었다. 의자에 등을 기댄 채 앉아 있던 박석천은 가늘게 뜬 눈
으로 배정근이 가져다 준 커피를 보면서 입을 열었다.

"이 놈의 양탕국*은 탕약보다 더 쓴 거 같아."

"그럼 차로 바꿔 드릴까요?"

배정근이 부드럽게 웃으면서 묻자 박석천이 손사래를 쳤다.

---

* 한말에 커피를 가리키던 용어.

"아냐. 그래도 황제 폐하부터 조정의 높은 사람들이 마신다고 하니까 나도 따라 마셔야지. 언제 또 이런 걸 먹겠어."

낮게 웃은 박석천이 커피 잔을 들고 뜨거운 커피를 후후 불어 가면서 마셨다. 한성 나들이를 온 전형적인 시골뜨기 양반 같았지만 사람들을 속여 넘기려고 정체를 감추는 것일 수도 있다는 생각이 문득 들었다. 배정근의 속마음을 아는지 모르는지 박석천은 연신 커피가 뜨겁다면서 호들갑을 떨었다. 그에 반해 나머지 두 명은 조용한 편이었다. 제물포에서 출장을 온 우선회사 직원 오일규는 양복 차림으로 앉아 있었는데 짙은 눈썹에 부리부리한 눈매를 가졌다. 그는 커피 대신 홍차를 마셨는데 별다른 말이 없었다. 오일규 맞은편에는 일본인 사업가 나카무라가 앉아 있었다. 좁은 이마에 아래턱이 가늘어서 전형적인 일본인으로 보였다. 가늘게 다듬은 콧수염을 만지작거리면서 커피를 마시던 그는 다른 두 명을 마치 관찰하듯 물끄러미 바라봤다. 서빙을 끝낸 배정근은 문가에 대기하고 있던 곰보에게 다가가서 속삭였다.

"티타임 끝나려면 대충 얼마나 걸려?"

"30분, 말도 안 하고 서로 노려보기만 하는데 웃겨 죽겠어."

"차 마시러 나온 거니까 문은 안 잠갔겠지?"

곰보가 눈을 크게 뜬 채 물었다.

"무슨 짓을 하려고?"

"생각해 봐. 저 세 명이 오고 나서 손탁 여사가 사라졌잖아. 게다가 다른 투숙객들은 나갔는데 저들만 계속 버티고 있는 것도 의심스럽지 않아?"

"그래서 어쩌자고?"

"방에 살짝 들어갔다 나올게. 저들 중에 분명 정체를 숨기고 여기 머물고 있는 자가 있어."

배정근의 얘기를 들은 곰보가 마른침을 삼켰다.

"그래서 누구 방을 뒤질 건데?"

곰보의 물음에 배정근은 원탁에 앉은 세 명을 뚫어지게 바라보다가 대답했다.

"오일규."

"204호야. 나오면 큰 소리로 인사할 테니까 알아서 피해."

"고마워."

곰보와 얘기를 나눈 배정근은 204호로 걸어갔다. 문은 닫혀 있었지만 다행히 잠가 놓은 상태는 아니었다. 소리가 나지 않게 문을 열고 들어가자 커튼이 걷힌 창문을 통해 들어온 빛이 방 안을 비추었다. 발소리가 나지 않게 조심스럽게 안으로 들어간 그는 주변을 살폈다. 문 옆의 옷걸이에는 양복과 모자가 걸려 있었고, 침대 옆에는 옷가지가 든 큼지막한 가죽 가방과 지팡이가 보였다. 창가 쪽에 있는 책상 위에는 종이들이 어지럽게 흩어져 있었다. 일단 양복부터 뒤졌지만 진짜 신분을 알 만한 것은 나오지 않았다. 그다음은 책상이었다. 책상에는 오일규가 쓰던 편지와 종이가 몇 장 있었다. 제물포 우선회사라는 이름이 선명하게 박힌 서류 봉투가 눈에 띄었다. 배정근은 조심스럽게 서랍을 열어 안에 든 것들을 확인했다. 법전이 몇 권 나왔고, 서대문정거장의 열차 시각이 적힌 종이가 보였다. 이리저리 살펴보던 배정근이 중얼거렸다.

'내가 잘못 짚었나?'

다른 투숙객들의 방까지 뒤지기에는 시간이 부족했다. 마지막이라는 심정으로 서랍들을 꼼꼼하게 뒤졌다. 그러다가 제일 아래 서랍에서 붉은 줄이 그려진 편지지를 발견했다. 혹시나 하고 살펴봤지만 구석에 오얏꽃 모양의 인장이 찍혀 있을 뿐 아무 글씨도 적혀 있지 않았다. 낙담한 배정근은 서둘러 편지지를 제자리에 놓고 밖으로 나왔다. 살롱의 문밖에 서서 안쪽을 지켜보던 곰보가 그에게 얼른 피하라는 손짓을 했다. 배정근은 재빨리 문을 닫고 복도를 걷는 척했다. 잠시 후, 살롱 밖으로 오일규가 나왔다. 태연하게 걸어가던 배정근은 살짝 고개를 숙여 인사를 하고 지나쳐 갔다. 살롱 안에 남은 두 명은 보이지 않았다. 곰보가 목에 묻은 땀을 손등으로 닦으면서 입을 열었다.

"아래층으로 옥돌 치러 갔어. 뭐 나온 거 있어?"

고개를 저은 배정근이 살롱 안으로 들어가서 커피 잔을 치웠다. 뒤따라온 곰보가 낮은 목소리로 말했다.

"주방에서 애들한테 물어봤는데 지난 이틀 동안 이쪽으로 혼자 올라온 보이는 없었대. 밤중에 몰래 올라왔으면 몰라도."

곰보의 대답을 들은 배정근이 짧게 대답했다.

"알았어. 그리고 황만덕이 자꾸 주변을 얼씬거리는 거 같던데 왜 그러는지 알아?"

"그 자식이? 손탁 여사가 작년에 데리고 왔을 때부터 뭔가 이상하긴 했어."

"뭐가?"

"바깥출입도 잦았고, 찾아온 손님들한테 관심이 지나치게 많았거든. 그래서 손탁 여사에게 몇 번 얘기했는데도 들은 척도 하지 않았어. 게다가 손탁 여사랑 둘이서 얘기도 많이 나눠서 둘이 그렇고 그런 사이라는 소문까지 돌았어."

"맙소사."

"그런데 손탁 여사가 너를 모함하려고 했다는 이유로 단번에 쫓아내는 걸 보고 다들 놀랐지. 그다음부터는 아무도 너한테 시비를 안 거는 것도 그 이유 때문이었어."

"그래서 포기를 못 하고 주변을 얼쩡거린 거야?"

배정근의 질문에 곰보가 고개를 갸웃거렸다.

"잘 모르겠어. 똑똑한 놈이라 이렇게 한다고 뭐가 달라지지 않는다는 걸 잘 알고 있을 텐데 말이야."

일이 점점 복잡하게 돌아간다는 생각에 배정근은 저도 모르게 얼굴을 찡그렸다. 단지 사라진 손탁 여사를 찾기 위해서 움직인 것인데 숨겨져 있던 사실들이 계속 밝혀지고 있는 것이다. 손탁 여사가 궁궐과 헐버트 선교사, 그리고 배설 사장과의 연결 고리 역할을 했다는 점은 마음에 걸렸다. 손탁 여사는 위패 공사의 친척으로 입국해서 수십 년간 궁궐에 드나들었기 때문에 일본에는 눈엣가시 같은 존재였다. 하지만 손탁 여사가 감쪽같이 사라진 일의 배후에 일본이 있다고 보기에도 애매했다. 재작년에 을사조약을 체결하고 통감부를 세운 상태였다. 공개적인 방법으로도 얼마든지 쫓아내거나 탄압할 수 있는데 이런 식으로 일을 복잡하게 만들 필요는 없었기 때문이다. 곰보가 고민에 빠져 있던 배정근의 어깨를 툭 쳤다.

"일단 잔부터 치우자."

"그, 그래."

커피 잔을 들고 아래층으로 내려온 배정근은 덤웨이터로 커피 잔을 지하로 내렸다. 그리고 현관을 쓸러 빗자루를 챙겨서 나갔다. 그러다가 호텔 정문을 열고 들어서는 낯익은 얼굴을 발견했다.

"목사님!"

정원으로 들어선 전덕기가 활짝 웃으면서 그에게 다가왔다.

"잘 지냈니? 궁금해 할 거 같아서 가는 길에 잠시 들렀다."

빗자루를 옆구리에 낀 배정근이 다가가자 전덕기가 주변을 살핀 다음 낮은 목소리로 말했다.

"헐버트 선교사께서 청도의 엠마 크뢰벨 씨한테 전보를 보냈다는구나."

"답변이 왔던가요?"

"오늘 아침에 왔단다. 청도에는 손탁 여사가 오지 않았어."

"사실입니까?"

"청도의 외국인 조계지는 크기가 작기 때문에 새로 외국인이 오면 금방 눈에 띈다는구나. 엠마 크뢰벨 씨의 남편이 조계지 관리라서 더 확실히 알 수 있지."

"그럼 청도로 갔다는 얘기는 거짓말이네요."

배정근의 얘기에 전덕기가 대답했다.

"일부러 거짓말을 했는지 아니면 누군가의 협박을 받았는지는 모르겠지만 확실한 건 청도에 없다는 거다."

"비록 편지지는 달랐지만 필체는 손탁 여사의 것이 맞았습니다."

"그러니까 손탁 여사는 가지도 않은 청도에 갔다고 거짓말을 하고 종적을 감춘 것이군."

"네."

짧게 대답한 배정근이 덧붙였다.

"그것도 아주 급박하게요."

설명을 들은 전덕기가 입을 열었다.

"헐버트 선교사도 이 문제를 아주 심각하게 생각하고 있단다. 그때도 얘기했다시피 손탁 여사는 궁궐 소식을 전해 주는 중요한 통로 역할을 했거든."

"아까 배설 사장에게도 같은 얘기를 들었습니다."

"거기도 갔다 왔니?"

고개를 끄덕거린 배정근이 대답했다.

"네. 손탁 여사님이랑 자주 만난 사람이 두 분이었거든요."

"네가 왔다 가고 나서 헐버트 선교사도 이리저리 알아봤던 모양이다. 그런데 네 말대로 궁궐에도 오랫동안 모습을 드러내지 않았다고 하는구나. 더 이상한 건 다들 그 문제에 대해서 입을 다물고 있다는 거다."

"입을 다물고 있다뇨?"

"손탁 여사는 궁궐에 공식적인 직책이 있는 사람이다. 그런데 이렇게 오랫동안 말도 없이 자리를 비웠다면 분명 언급을 했어야 한다는 거지. 게다가 손탁 여사는 20년 넘게 황제 폐하의 곁을 지킨 측근이야. 그런데도 찾아보라는 지시조차 안 내려왔다면서 이상하다고 하는구나."

"그럼 궁궐에서도 손탁 여사의 실종에 대해서 이미 알고 있다는 얘긴가요? 예식원의 고희경 과장이 와서 알아보고 가긴 했는데요."

"그자도 일본 쪽에 상당히 넘어간 상태라 염탐하러 왔을 수도 있다."

"뭐가 어떻게 돌아가는지 모르겠어요."

배정근이 푸념 비슷하게 얘기하자 전덕기가 조심스럽게 말했다.

"어떤 일인지 말해 줄 수는 없지만 꽤 중요한 일이 진행 중이다. 그리고 손탁 여사는 그 일에 어떤 역할을 맡기로 했단다. 그런데 갑자기 종적을 감춰 버리고 말았지."

"그럼 그 일을 막으려고 하는 누군가에게 끌려갔다는 얘긴가요?"

배정근이 놀란 표정으로 묻자 전덕기는 천천히 고개를 저었다.

"아니다. 만약 그랬다면 일이 발각되어서 난리가 났을 거다."

"그러면 그쪽은 아니다?"

"아닐 수도 있고, 일단 지켜보는 것일 수도 있지. 어제 우리 교회에 왔을 때 누가 미행했다고 하지 않았니?"

"오늘도 나타났어요."

"일이 심상치 않게 돌아가는구나. 일단 헐버트 선교사나 우리는 보는 눈이 많아서 움직이기 힘들단다. 손탁 여사님을 찾는 대로 우리에게도 꼭 알려 주겠니?"

"알겠습니다."

"위험해질 수 있다. 항상 주변을 살피고 정 위험해지면 상동교회로 피신해라. 거긴 교회인 데다가 선교사님이 계셔서 왜놈들도 쉽게 건드리지는 못할 게다."

"그럴게요."

배정근이 힘주어 대답하자 전덕기가 안쓰러운 눈길로 바라봤다.

"올해 몇 살이니?"

"열여섯입니다."

"아직 어리구나. 너에게 너무 힘든 일이 아닌지 모르겠다. 하지만 나라가 왜놈들 손에 언제 넘어갈지 모르는 상황이니 어쩌겠느냐."

"힘닿는 대로 찾아보겠습니다."

"알겠다."

얘기를 마친 전덕기가 돌아가자 배정근은 가슴이 답답해졌다. 손탁 여사는 대체 어디로 사라진 걸까?

다음 날, 평상시처럼 일을 하던 배정근은 시간에 맞춰서 이화학당이 보이는 담장으로 갔다. 잠시 후, 그릇들을 손에 든 이복림이 문을 나서는 게 보였다. 주변을 살핀 배정근은 아무도 없는 것을 보고는 담장을 훌쩍 뛰어넘었다. 그리고 재빨리 우물가 쪽으로 달려갔다. 담장 쪽을 바라보고 있던 이복림이 지난번처럼 나무 뒤로 가라고 눈짓했다. 잠시 후, 나무 쪽으로 온 이복림이 물었다.

"새로 나온 거 있어?"

"며칠 사이에 누군가 손탁 여사의 방에 몰래 들어간 거 같아."

"누가?"

이복림이 묻자 배정근이 고개를 저었다.

"몰라. 호텔 내부를 잘 아는 보이나 손님들 중 누군가의 소행일 거야. 미심쩍은 손님방을 뒤져 봤는데 딱히 나온 건 없었어."

"누구였는데?"

"오일규라고 제물포의 우선회사에서 출장 온 손님."

"그 사람이 왜 수상했는데?"

"딱 꼬집어서 얘기할 수는 없는데 회사원은 아닌 거 같았어."

"그런데 아무것도 안 나왔다고?"

"아무것도."

"그게 더 이상한데?"

"왜?"

배정근의 반문에 이복림이 대답했다.

"출장 온 사람이면 서류 같은 게 잔뜩 있을 거 아니야. 그런데 아무것도 없었다며."

"응, 법전이랑 편지지 같은 거밖에 없었어."

"어떤 편지지?"

"그냥 붉은 줄이 그려져 있고, 한쪽 구석에 오얏꽃 인장이 찍혀 있었어."

"오얏꽃? 어떻게 생겼는데?"

"어, 그러니까 꽃잎이 이렇게 다섯 개가 빙 둘러 있고, 가운데 원이 세 개가 겹쳐 있었어."

"편지지에서 본 게 분명해?"

"그렇다니까."

"따라와 봐."

이복림이 갑자기 배정근의 팔을 잡아끌었다. 얼떨결에 끌려간 배정근은 이화학당의 정문을 지나 거리로 나왔다. 탁지부 쪽으로 가던 이복림에게서 겨우 팔을 뿌리친 배정근이 물었다.

"갑자기 왜 이러는데?"

"그 오얏꽃 문장 말이야. 어디서 본 거 같아서 말이야."

성큼성큼 걷던 이복림이 정동교회를 지나 맞은편 언덕 쪽으로 걸어갔다. 정동에서 유일한 언덕이라 다른 건물들은 없었고, 제일 높은 곳에 2층으로 된 벽돌 건물이 한 채 있었다. 정신없이 뒤따라가던 배정근이 말했다.

"어디로 가는 거야?"

"다 왔어."

걸음을 멈춘 이복림이 손을 들어서 건물의 현관을 가리켰다. 현관엔 나무로 된 지붕이 씌워져 있었다.

"여기가 어딘데?"

"평리원이야. 뭐하는 곳인 줄 알아?"

"아니."

배정근이 고개를 가로젓자 이복림이 설명을 시작했다.

"몇 년 전에 설치된 법원이야. 지방 재판소나 개항장 재판소에서 올라온 사건들을 처리하는 곳이지."

"그런데 여길 왜 데려온 건데?"

"저길 봐. 현관 옆에 붙어 있는 문패."

배정근은 이복림이 가리킨, 현관 옆에 붙은 문패를 바라봤다. 그리고 순간적으로 할 말을 잊었다. 배정근이 아무 말도 하지 못하자 이복림이 입을 열었다.

"평리원의 문장이 바로 가운데 세 겹의 원이 있는 오얏꽃이야. 오얏꽃이 황실의 문장인 건 알고 있지?"

"그, 그럼."

"큰아버지가 그랬는데 탁지부나 평리원같이 큰 관청에서는 자기네 인장이 찍힌 종이를 문서로 쓴다고 했어. 그래야지 상대방이 알아보고 빨리 처리해 주니까."

"그러니까 여기 인장이 찍힌 문서를 가지고 있다는 얘기는…."

"법전 가지고 있다고 했었지?"

이복림의 물음에 배정근이 고개를 끄덕거렸다.

"응."

"틀림없이 평리원에서 일을 했던 사람이야."

"그런 사람이 왜 출장을 온 회사원이라고 속인 거지?"

이해가 안 간다는 표정으로 얘기한 배정근에게 이복림이 말했다.

"한 가지 더 확인할 게 있어."

"뭐?"

"그 사람 지팡이 가지고 있었어?"

"그럼."

"지팡이 손잡이에 저거랑 같은 오얏꽃 문장이 박혀 있는지 확인해 봐."

"그게 있으면?"

"평리원 검사들에게는 오얏꽃 문장이 박힌 지팡이를 나눠 준 적이 있다고 했어."

"누가 그러는데?"

배정근의 물음에 이복림이 단호하게 얘기했다.

"큰아버지한테 들었어. 높은 사람이거든."

"이따가 확인해 볼게. 그런데 왜 정체를 숨긴 거지. 손탁 여사를 염탐하려고 한 걸까?"

"평리원에서 일하는 사람이 뭐하러 그러겠어."

이복림의 반문에 배정근이 수긍했다.

"그렇긴 하지. 아까 전덕기 목사님이 들르셨는데 손탁 여사가 청도에 가시지 않았대."

"그 얘기는 누군가한테 잡혀 있거나 어딘가에 숨어 있다는 뜻이네."

"안 그래도 전덕기 목사님이 중요한 일을 해야 할 시점인데 종적을 감춰서 불안하다고 하셨어."

배정근이 불안한 말투로 얘기하자 이복림 역시 가라앉은 목소리로 말했다.

"잡혀간 거 아니면 숨어 있다는 얘긴데, 한성이 아무리 넓다고 해도 외국인이 있을 만한 곳은 진짜 별로 없잖아."

"그러게. 일단 오일규의 정체를 파악해 볼게."

"그다음에는?"

이복림의 물음에 잠시 고민하던 배정근이 대답했다.

"내 생각에는 손탁 여사가 사라진 건 호텔 안의 누군가를 피해서였던 거 같아."

"그게 가짜 오일규라고?"

"그걸 밝혀내는 게 이번 실종사건을 해결하는 첫걸음일 거 같아."

배정근의 대답을 들은 이복림이 지그시 바라보면서 얘기했다.

"나랑 같이 나가자."

"어디로?"

"《대한매일신보》. 신문에는 관청에서의 임용과 해고 소식이 나오거든."

"오일규가 평리원에서 해임된 걸까?"

"일주일 넘게 머물고 있다면서? 그렇게 오랫동안 있는 거면 현직은 아닐 거 같아."

"일일이 다 확인할 수 있겠어?"

배정근의 물음에 이복림이 혀를 찼다.

"인장이 박힌 종이를 가지고 있다면 최근까지 일을 했다는 의미일 거야. 최근 날짜부터 뒤져 보면 단서를 캐낼 수 있어."

당찬 이복림의 말에 배정근은 고개를 끄덕거렸다.

"좋은 생각이야. 언제 나올 수 있겠어?"

"내일 아침에 봐. 스크랜턴 여사님께 허락 맡아 놓을게."

"지난번처럼 문 앞에서 만나면 미행이 붙을지 몰라. 법국 공사관 쪽으로 넘어가서 새문안길로 가자. 거기서 인력거를 타고 가면 될 거야."

"알았어. 이제 돌아가자."

배정근의 말에 이복림이 돌아서면서 중얼거렸다.

"정말 이해할 수 없어. 납치당한 거 같긴 한데 본인 필체로 청도로 간다고 글을 남겼어. 근데 정작 청도에는 가지 않았고, 자주 만나던 사람들도 어디로 갔는지 모르잖아. 거기에다 호텔에는 가짜 신분을 가진 손님이 투숙해 있는 상태고."

"궁궐이랑 연관된 일인 거 같아."

배정근이 불안함이 담긴 말투로 얘기했다. 이복림은 축 늘어진 배정근에게 말했다.

"어쨌든 우리가 진실에 가까이 다가가고 있는 건 확실한 거 같아. 기운 내."

"그래야지. 내일 보자. 먼저 갈게."

한걸음에 호텔로 돌아온 배정근은 오일규의 지팡이를 확인할 방법을 궁리해 봤다. 내일 티타임 때 들어가서 확인해 보려고 생각하고 호텔 안으로 들어오는데 응접실 쪽으로 위스키 병을 갖고 가는 곰보가 보였다.

"무슨 일이야?"

"손님들이 심심한가 봐. 계속 옥돌을 하면서 술을 좀 달라고 해서."

대답을 하고 응접실로 들어가는 곰보를 뒤따라 안으로 들어갔다. 옥돌대 주변에는 세 명의 손님이 모두 모여 있었다. 옥돌을 칠 줄 아는 나카무라가 나머지 두 사람에게 경기법을 알려 주는 중이었다. 배정근은 큐를 든 채 얘기를 듣는 오일규의 모습을 지켜보다가 책장에 걸쳐 놓은 그의 지팡이를 발견했다. 좋은 기회라고 생각한 그는 위스키 병을 구석의 테이블에 내려놓고 잔에 따르는 곰보에게 다가갔다.

"이거 내가 가져다 줄게."

위스키가 반쯤 든 술잔을 들고 옥돌대를 돌아간 배정근은 오일규 옆에 술잔을 내려놓고 돌아서면서 일부러 책장에 걸쳐 놓은 지팡이를 건드렸다. 지팡이가 요란한 소리를 내면서 넘어졌다. 그는 얼른 허리를 숙여서 지팡이를 집어 들어서 도로 걸쳐 놨다.

"죄송합니다."

다행히 오일규는 별다른 의심 없이 넘어갔다. 그 사이 배정근은 지팡이 손잡이에 오얏꽃 무늬가 새겨져 있는 것을 똑똑히 확인할 수 있었다. 최대한 티를 내지 않고 돌아선 그는 나머지 손님들에게 술잔을 가져다주고는 응접실을 빠져나왔다. 그러면서 저도 모르게 중얼거렸다.

'진실에 가까워진 걸까? 아니면 더 깊이 빠져든 걸까?'

다음 날, 두 사람은 인력거를 타고 《대한매일신보》로 향했다. 어제처럼 책상에 앉아서 기사를 쓰고 있던 양기탁이 두 사람을 반갑게 맞이했다.

"배설 사장을 만나러 온 거니? 어제 영길리 공사관 사람들이랑 저녁 먹는다고 나가서 아직 돌아오지 않았다. 아마 새벽까지 술을 마시고 곯아떨어졌을 게다."

양기탁의 얘기를 들은 배정근이 물었다.

"지난 신문들을 볼 수 있을까요?"

"왜?"

"확인해 볼 게 좀 있어서요."

배정근의 얘기를 들은 양기탁이 구석의 책장을 가리켰다.

"지난 신문들은 저기에다가 모아 놓는다. 책상 앞에 가져다 놓고 보거라."

"감사합니다."

꾸벅 인사를 한 배정근은 이복림과 함께 책장에서 두툼한 신문 뭉치를 꺼내서 책상 위에 올려놨다. 이복림이 허리를 굽힌 채 신문을 살펴보다가 아래쪽을 가리켰다.

"이쪽에 관보가 실리나 봐."

이복림이 가리키는 곳을 본 배정근이 중얼거렸다.

"면관은 뭐고 의원면본관은 또 뭐야?"

그 얘기를 들은 양기탁이 큰 목소리로 대답했다.

"면관은 자리에서 쫓겨난 거고 의원면본관은 스스로 물러나는 거란다."

"고맙습니다."

"딴 건 필요 없고, 평리원만 찾아봐."

"알았어."

두 사람은 약속이나 한 듯 입을 다물고 신문을 살폈다. 그렇게 한참을 살펴보다가 먼저 입을 연 것은 이복림이었다.

"찾은 거 같아."

"정말?"

배정근의 물음에 이복림이 손가락으로 신문 아래쪽을 가리켰다.

"여기."

"올해 3월 14일이면 대략 한 달 전이네. 평리원 검사 이 … 면관."

배정근은 신문에 눈을 바짝 갔다 댄 채 이름을 읽어 보려고 했지만 잉크가 흐릿한 데다가 그나마 번져 있어서 알아볼 수 가 없었다.

"안 보여."

배정근의 말에 이복림도 바짝 들여다봤지만 마찬가지로 고개를 저었다.

"한 글자인 걸 보니까 이름이 외자인 거 같긴 한데 하필 거기만 안 보이네."

두 사람은 그 날짜 신문을 들고 양기탁에게 갔다. 잠시 펜을 내려놓은 양기탁도 신문을 들여다봤지만 곤란한 표정으로 대답했다.

"미안하구나. 관보 부분은 우리도 그냥 보내 주는 대로 받아 적는 거라서 말이야."

"그런가요?"

낙담한 배정근의 말에 양기탁이 대답했다.

"평리원 검사 중에 최근에 면관된 사람이 있는지 알아보마. 어차피 재판 기사 때문에 평리원에는 우리 기자들이 종종 가니까 말이다."

"감사합니다."

"뭔 일인지는 모르겠지만 힘껏 도우마. 그러니 염려 말고 손탁 여사를 꼭 찾아라."

양기탁의 얘기를 들은 두 사람은 《대한매일신보》 밖으로 나왔다. 지난번처럼 황만덕이 나타나 위협할 거 같아서 잔뜩 긴장했지만 다행스럽게도 이번에는 모습을 드러내지 않았다. 인력거를 타고 경운궁 대한문 앞 센트럴호텔 근처에서 내린 두 사람은 정동을 걸었다. 이화학당 앞에서 걸음을 멈춘 이복림이 배정근에게 물었다.

"어떻게 결론이 날까?"

"우리가 진실을 파헤치지 못할까 봐?"

"아니."

짧고 단호하게 대답한 이복림이 덧붙였다.

"그 진실이 무엇일지가 두려워."

그녀를 만난 이후 처음으로 듣는 목소리였다. 배정근은 뭐라고 대답해야 할지 몰라서 우물쭈물하고 있는데 이복림이 먼저 들어가 보겠다면서 이화학당 안으로 들어섰다. 호텔로 들어가던 배정근은 정문 앞에 커다란 마차가 서 있는 것을 봤다. 그리고 마차 주변에는 검정색 제복의 순검들이 지키는 중이었다. 순검들 중 한 명이 호텔로 들어가려는 배정근의 앞을 가로막았다.

"어디로 가는 거냐?"

"호텔로요. 여기서 일해요."

순검은 미심쩍어 했지만 때마침 지나가던 보이가 아는 척을 해 주어서 안으로 들어갈 수 있었다. 무슨 일인가 싶어서 현관으로 달음박질치는데 곰보가 보였다.

"무슨 일이야?"

"참정대신이 왔어."

잔뜩 목소리를 낮춘 곰보의 대답에 배정근이 고개를 갸웃거렸다.

"참정대신이 왜?"

"모르겠어. 조카랑 만나기로 했다고 했어. 그리고 널 찾던데?"

"나를?"

"그렇다니까. 네 이름을 정확히 알고 있었어. 아는 사이였어?"

호기심 어린 곰보의 물음에 배정근이 대답했다.

"아니, 지난번에 여기 처음 왔을 때 형이랑 같이 인사한 게 처음이었어."

"어쨌든 2층으로 올라가 봐."

곰보의 채근에 배정근은 서둘러 계단을 올라갔다. 살롱 입구에는 순검 한 명이 더 있었다. 문이 활짝 열린 살롱 안에는 참정대신 이완용이 홀로 원탁 의자에 앉아 있었다. 다리를 꼰 채 무료한 표정으로 신문을 읽고 있던 그는 배정근이 들어서자 고개를 돌렸다. 얼른 앞으로 다가간 배정근이 고개를 숙였다.

"안녕하십니까. 참정대신 각하."

"조카애랑 가배* 한 잔 하려고 왔네."

"지금 준비해 드리겠습니다."

이완용은 커피를 준비하기 위해 밖으로 나가려는 배정근의 말에 고개를 저었다.

"그 전에 자네랑 할 얘기가 있어."

"저랑 말씀이십니까?"

이완용은 대답 대신 살롱의 문 쪽을 쳐다봤다. 그러자 아까부터 지켜보고 있던 순검이 문을 닫았다. 그 사이, 배정근은 이완용이 읽고 있던 신문이 《대한매일신보》라는 사실을 깨닫고는 충격을 받았다. 그런 배정근을 본 이완용이 쓴웃음을 지었다.

"왜? 내가 이런 신문은 쳐다도 안 볼 것 같았느냐?"

"그, 그런 게 아니라…."

* 한말에 커피를 가리키던 용어.

"나는 몰락한 양반 집안에서 태어났다. 까마득한 조상들은 판서니 감사 같은 벼슬을 했다고 하지만 몇 대째 과거에 합격하지 못하면서 글자 그대로 시골 무지렁이 신세였지. 그러다가 열 살 때 일가친척인 이호준의 양자로 입적되었단다. 이호준은 홍선대원군의 측근이자 사돈으로 위세가 대단했지만 정실부인에게서 자식을 얻지 못해서 나를 아들로 삼은 것이지."

"그런 사정이 있으셨군요."

"나한테는 출세의 시작점이었지만 반면에 전쟁터이기도 했지. 양아버지인 이호준은 내가 너무 숫기가 없다고 했지만 말 한 마디, 행동거지 하나가 나를 도로 시골로 쫓아낼 수 있었기 때문에 참고 견디고 인내해야만 했다. 그렇게 시간이 지나고 혼인을 하고 임오년에 과거에 합격했지. 그때 나는 똑똑히 보았다."

"뭘 보았다는 말씀이십니까?"

배정근의 물음에 이완용은 콧수염을 비비 꼬면서 대답했다.

"홍선대원군의 측근이자 사돈이었던 양아버지 이호준이 어떻게 중전의 집안인 여흥 민씨와 손을 잡고 옮겨 갔는지 말이다. 덕분에 나보다 성적이 좋았던 동기들을 제치고 정7품 승정원 주서*의 자리에 오를 수 있었다. 훗날 역적이 된 서재필은 나보다 성적

* 왕의 비서기관인 승정원의 관직으로 정원은 두 명이었다. 한 명은 《승정원일기》를 관장했고, 또 한 명은 약방의 일을 관장했다.

이 좋았지만 집안이 변변치 않은 관계로 몇 달 동안 관직도 없이 지내야만 했지."

잠시 말을 멈춘 이완용이 배정근을 힐끔 쳐다보고는 말을 이어 갔다.

"그 후 규장각 대교*와 홍문관 수찬**을 거치면서 출세 가도를 달렸다. 그러다 갑신년의 정변을 겪고 나서는 본격적으로 황제 폐하의 눈에 들게 되었지. 개화를 안 할 수는 없었는데 개화 세력들이 정변으로 다 없어져 버린 다음이라서 말이다. 그 후에는 미리견 공사로 나가서 몇 년간 지냈단다. 그리고 돌아와서 친어머니 묘를 지키고 있는데 동학란이 일어나더구나. 그다음에는 동학의 역당들을 토벌한다는 핑계로 청나라와 일본이 들어와서 서로 싸웠고, 그 결과 일본이 이기면서 친일파들이 정권을 장악했다."

이완용의 얘기를 듣던 배정근은 당신이 그 친일파의 우두머리가 아니냐고 속으로 중얼거렸다. 그의 속마음을 알아차렸는지 이완용이 무거운 미소를 지었다.

"그들의 세상이 된 것 같았지만 그러다가 뒤집어진 것을 너무나 많이 봐서 말이다. 결국 황제 폐하와 중전 민씨가 친일파들을 몰아

* 임금의 글을 보관하고 관리하는 규장각에 속한 정9품에서 정7품 사이 관직.
** 임금에게 자문을 하는 홍문관에 속한 정6품 관직으로 주로 임금이 내리는 교서의 문구를 작성하는 일을 했다.

내면서 그들의 세상도 끝이 났지. 그러자 궁지에 몰린 일본은 을미년에 황궁에 침입해서 중전 민씨를 시해했다. 그때 내 양아버지는 황제 폐하와 중전 민씨의 뜻에 따라 아라사와 접촉을 하고 있었지. 그때 나도 목숨이 위험했는데 미리견 선교사인 안련*의 주선으로 미리견 공사관으로 피신해서 겨우 목숨을 건졌다. 그러니까 그때 나는 친러파였던 셈이지. 그 후, 일본 세력에 맞서기 위해 정동파에 가담해서 병신년에 황제 폐하를 아라사 공사관으로 파천시키는 일에 가담했다. 하지만 아라사는 너무 욕심이 컸다. 노골적으로 이권을 탐냈고, 군권을 장악하려고 들었지. 나는 목숨을 걸고 그들의 요구를 거절했다."

배정근은 사뭇 자랑스럽게 얘기하는 이완용에게 물었다.

"그래서 어떻게 하셨습니까?"

"내가 내린 답은 미리견이었다. 일본이나 아라사는 너무 붙어 있어서 땅에 욕심을 냈지만 미리견은 바다 건너에 있어서 상대적으로 야심이 없었으니까, 하지만 미리견과 손을 잡으려는 것을 감지한 아라사의 반대로 인해 내각에서 쫓겨나고 오랫동안 외직을 전전해야만 했다. 그 와중에 양아버지까지 돌아가시면서 큰 곤경에 처했지. 정계에서 밀려나 양아버지의 삼년상을 치르고 나니까 황제 폐하께서 나를 다시 부르셨다. 일본이 아라사와의 전쟁에서

* 알렌의 한국 이름.

이기면서 다시 상황이 바뀌어서 생긴 일이지. 그때 곰곰이 생각했다. 나약하고 소심한 황제는 어떻게든 자기 안위를 염려하는 데 급급했다. 그래서 이리를 쫓기 위해 늑대를 불렀고, 늑대를 몰아내기 위해 호랑이를 불러들였지."

"그 호랑이가 일본이란 말씀인가요?"

배정근이 묻자 이완용은 양복 안주머니에서 담배를 꺼내서 성냥불을 붙였다. 길게 담배 연기를 내뿜은 이완용이 흩어져 가는 담배 연기를 바라보면서 입을 열었다.

"일본은 이 땅을 차지하기 위해 엄청나게 많은 피를 흘렸다. 청나라와 싸웠고, 아라사와도 싸웠지. 그뿐만 아니라 의병들과도 싸우면서 적지 않은 희생을 치렀다. 나 같았으면 타협이고 뭐고 그냥 점령했겠지. 하지만 일본은 그나마 우리와 협상을 하려고 했고, 황실을 존중해 줬단다. 그러니 그들의 뜻을 따르면서 희생을 줄이는 게 가장 옳은 방법이었다."

"그래서 을사년의 조약 체결에도 앞장서셨고 말입니다."

배정근이 쏘아붙이자 이완용은 눈을 가늘게 뜨면서 웃었다.

"종묘사직을 지키기 위해서는 어쩔 수 없는 일이었다. 물론 그렇게 생각하지 않는 사람들에게 나는 만고의 역적이나 다름없었지만 말이다. 황제 폐하께서는 자기는 결코 승인한 적이 없다고 말씀하시지만 협상 과정에서 황실을 보존해 준다는 항목을 넣어 달라고 말씀하셨지. 사람들은 나를 역적이라고 입을 모아서 말하지만 사실 나라를 이렇게 만든 건 황제 폐하와 이용익 같은 자들이었다."

참정대신의 입에서 상상도 못할 불충한 얘기가 나오자 배정근은 화가 머리끝까지 치밀어 올랐다. 하지만 꾹 참고 얘기했다.

"임금이 잘못되면 충언하는 것이 신하의 도리라고 배웠습니다. 그런데 어찌 임금 탓을 하면서 변명을 하십니까?"

"그런 얘기를 하는 사람들을 볼 때마다 황제를 곁에서 지켜보고도 그런 얘기를 할 수 있는지 궁금하구나."

"세상 모든 사람들이 다 참정대신 각하처럼 생각하지는 않으니까요. 시종무관장* 각하도 측근이었지만 결사반대하다가 스스로 목숨을 끊지 않으셨습니까?"

"세상 사람들이 모두 나처럼 판단하리라고는 생각하지 않는다. 하지만 세상의 흐름이라는 게 있지. 그 흐름은 한두 명으로는 막을 수 없고 막아서도 안 된다. 왜냐하면 더 큰 희생을 가져올 뿐이니까 말이다."

얘기를 마친 이완용은 배정근을 바라봤다.

"이 호텔에 그 흐름을 막는 한두 명이 있다고 들었다."

"무슨 말씀이신지 잘 모르겠습니다."

---

* 대한제국 시기 황제를 호위하는 임무를 맡은 원수부 산하 부서인 시종무관부의 책임자.

배정근이 눈을 다른 곳으로 돌리면서 대답하자 이완용이 큰 소리로 웃었다.

"손탁 여사가 며칠째 안 보인다는 얘기를 들었다. 어디 갔는지 아느냐?"

"급한 일이 있어서 청도에 가신다는 편지를 남기셨습니다. 때가 되면 돌아오겠지요."

"그런데 너는 왜 청도에 간 손탁 여사를 찾아서 이곳저곳을 다녔느냐?"

이완용의 단도직입적인 물음에 배정근은 순간 할 말을 잊었다. 하지만 곧 침착함을 유지하면서 대답했다.

"미심쩍은 점이 있어서 그랬습니다. 그러는 참정대신 각하께서는 왜 궁금해 하십니까?"

"손탁은 황제 폐하와 불온한 자들 간의 연결 고리 역할을 했으니까, 이 중차대한 시점에 갑자기 사라져서 궁금했단다."

이완용의 대답을 들으면서 배정근은 혼란에 빠졌다. 그동안 손탁 여사가 실종된 배후에는 일본이 있다고 믿었기 때문이다. 그런데 이완용조차 손탁 여사를 찾고 있는 중이었다. 속임수이거나 떠보는 것이라는 생각이 얼핏 들기는 했지만 그런 생각이 채 사라지기도 전에 이완용의 목소리가 귓가에 파고들었다.

"올해 몇 살이냐?"

"열여섯입니다."

"형인 배유근 참위를 닮아서 성격이 괄괄하구나. 굽실거리는 인간들보다야 훨씬 낫지. 손탁 여사가 어디 갔는지 알고 있다면 말해다오. 내가 너와 형의 손을 잡아 주겠다."

"찾고 있는 건 사실이지만 아직 행방에 대해서는 알지 못합니다."

"그렇다면 찾는 대로 나에게 고해라."

잠시 고민하던 배정근은 고개를 저었다.

"싫습니다."

"뭐라고?"

이완용의 목소리가 크게 터져 나오자 배정근은 움찔했지만 두려움을 참고 말했다.

"손탁 여사의 실종에 누가 관여했고, 배후가 누구인지 확인할 때까지는 아무에게도 얘기하지 않을 겁니다."

"왜?"

"진실을 감출 테니까요."

"진실 따위는 중요하지 않아."

이완용의 분노한 목소리를 들으면서 배정근은 잠시 생각에 잠겼다가 대답했다.

"그러니까 중요한 겁니다. 다들 감추고 왜곡할 테니까요."

배정근의 대답을 들은 이완용이 어처구니없다는 표정으로 반쯤 피운 담배를 재떨이에 비벼 끄면서 말했다.

"형을 닮아서 고집쟁이로구나."

"그래서 형이 저를 좋아합니다."

이완용이 차가운 눈빛으로 쏘아보면서 말했다.

"말이 안 통하니 다음에는 다른 방법을 쓰는 수밖에 없겠구나."

그때 닫혀 있던 살롱의 문이 열리면서 누군가 들어섰다. 뒤늦게 고개를 돌린 배정근은 안으로 들어온 게 이복림이라는 사실을 깨닫고는 할 말을 잊었다. 이복림 역시 두 사람이 함께 있는 것을 예상하지 못했는지 당황한 얼굴이었다. 두 사람이 서로를 보면서 아무 말도 못 하는 사이에 이완용이 입을 열었다.

"어서 오너라."

"네, 큰아버지."

이복림의 대답을 들은 배정근은 충격에 휩싸였다. 그런 배정근을 비웃는 표정으로 바라본 이완용이 말했다.

"가배 두 잔을 가져오너라. 문은 닫아 주고."

낭패감에 휩싸인 배정근은 고개를 숙이고 돌아섰다. 문을 열고 밖으로 나온 배정근은 아랫입술을 지그시 깨물었다. 그리고 밖에서 지켜보던 곰보에게 힘없이 말했다.

"가배 두 잔, 안으로 가져다줄래?"

"알았어."

아래층으로 내려가려던 배정근은 계단 중간에서 그대로 주저앉고 말았다. 가장 먼저 도움을 요청했던 이복림이 하필이면 이완용의 조카라는 사실에 크나큰 충격을 받은 것이다. 두 사람이 그동안 알아낸 사실들이 모두 이완용의 귀에 들어갔다는 것을 의미했다. 낙담한 배정근은 비틀거리면서 뒤뜰로 향했다. 간신히 바위에 걸 터앉아서 숨을 돌리던 그는 고개를 돌려 2층을 바라봤다. 시간이 흐르고 충격에서 벗어난 배정근은 비틀거리면서 일어났다. 호텔 의 뒷문으로 들어가자 때마침 이완용이 이복림과 함께 계단을 내 려오는 중이었다. 이완용과 함께 계단을 내려오던 이복림은 인기 척을 느꼈는지 고개를 돌려서 뒷문 쪽을 바라봤다. 뭔가 말을 하려 던 이복림은 고개를 돌리고 이완용과 함께 호텔을 빠져나갔다. 마 차에 올라탄 두 사람이 천천히 호텔을 빠져나가는 걸 본 배정근은 주먹을 불끈 쥐었다. 손탁 여사를 둘러싼 비밀을 고스란히 친일파 의 우두머리인 이완용에게 넘겨주고 만 자신이 너무나 한심스러 웠기 때문이다.

참정대신 이완용이 찾아와서 손탁 여사의 행방을 물으면서 호 텔 분위기는 착 가라앉았다. 보이들은 삼삼오오 모여서 앞으로 어 떻게 돌아갈지 얘기를 나눴다. 여기저기 돌아다니면서 보이들을 다독거리던 곰보가 숙소로 돌아와서 배정근에게 푸념을 했다.

"다들 뒤숭숭한가 봐. 빨리 손탁 여사님이 돌아오시지 않으면 큰일 날 거 같다. 대체 어디로 간 걸까?"

곰보의 물음에 배정근은 아무 대답도 할 수 없었다. 이불을 펴고 누워서 잠을 청했지만 좀처럼 잠이 오지 않았다. 다른 보이들이 코를 골면서 자는 바람에 더욱더 잠을 청하기 어려웠다. 할 수 없이 바람이라도 쐴 생각으로 일어나서 조끼를 걸쳐 입고 밖으로 나왔다. 그리고 어둠 속에 잠긴 손탁호텔을 바라봤다. 때마침 달도 구름 속으로 들어가 버려서 더 깊은 어둠 속에 잠긴 듯했다. 두 손을 조끼 주머니에 찔러 넣은 채 무심하게 호텔을 바라보던 그는 2층 테라스에서 누군가의 그림자를 보았다. 손님들 중 한 명이 자기처럼 밤에 잠을 이루지 못해서 바람을 쐬러 나온 것으로 생각했는데 갑자기 테라스 밖으로 몸을 내밀더니 난간을 붙잡고 아래로 내려왔다. 직감적으로 무슨 일이 벌어지고 있는 것을 깨달은 배정근은 얼른 몸을 낮췄다. 아래로 내려온 그는 주변을 살피더니 허리를 굽히고는 정문 쪽으로 뛰어갔다. 잠시 고민하던 배정근은 사라진 그림자를 따라서 정문 밖으로 나갔다. 정동 거리로 나오면서 잠시 상대방을 놓쳤지만 때마침 구름 밖으로 나온 달빛 덕분에 담장에 나타난 그림자를 볼 수 있었다. 그가 누구인지는 알 수 없었지만 가고 있는 곳은 경운궁의 담장 쪽이었다.

'설마'

궁궐에 침입이라도 할 생각인지 궁금했지만 그런 생각을 하기도 전에 상대방이 걸음을 재촉했다. 당황한 배정근은 발뒤꿈치를 들고 소리를 내지 않은 채 뒤를 쫓았다. 오른편으로 정동교회의 뾰족한 지붕에 달빛이 걸려 있는 것이 보였다.

'어디로 가는 거지?'

약간 오르막으로 된 골목길로 사라진 그림자를 따라 조심스럽게 들어가던 배정근은 막다른 골목과 마주쳤다. 막다른 골목에는 경운궁으로 들어가는 작은 문이 있었고, 그림자는 그곳에 서 있었다. 문 너머에는 손탁호텔과 비슷하게 생긴 2층 벽돌 건물이 있었다. 더 따라갔다가는 들킬 것이 뻔했기 때문에 배정근은 그대로 주저앉아서 조심스럽게 살폈다. 그림자가 경운궁의 작은 문을 나지막하게 두드렸다. 그렇게 몇 번을 문을 두드리던 그림자가 낌새를 챘는지 뒤를 돌아봤다. 얼른 몸을 숨긴 배정근은 자세히 살펴볼 방법이 없을까 고민하다가 조끼 안에 넣어 둔 망원경을 떠올렸다. 어둡기는 했지만 달빛에 의지하면 어떻게든 볼 수 있을 것 같았다. 조끼에서 꺼낸 원통형 망원경을 길게 뽑은 배정근은 고개만 살짝 내밀고 골목길 안쪽을 바라봤다. 처음에는 아무것도 안 보였지만 어둠에 눈에 익고, 때마침 달빛이 다시 구름 밖으로 나오면서 대충이나마 보이기 시작했다.

'저 사람은 오일규잖아.'

가뜩이나 정체를 숨긴 채 머물고 있는 중이라 의심하고 있던 차에 이상한 행동을 하자 의심은 더욱 증폭되었다. 오일규는 몇 번이고 경운궁의 문을 두드리면서 주변을 살폈다. 그때 문 너머에 있는 벽돌 건물의 2층 창문 한 군데에서 빛이 새어 나왔다. 불이 켜져 있던 방에서 커튼을 걷은 것이다. 문을 두드린 소리를 들었는지 누군가 바깥을 내다 본 것이다. 무심코 그쪽으로 망원경을 돌린 배정근은 하마터면 소리를 지를 뻔했다. 창밖을 내다보고 있는 사람이 바로 사라졌던 손탁 여사였기 때문이다. 실종되었던 손탁 여사가 궁궐, 그것도 황제가 있는 곳이자 손탁호텔 코앞에 있는 이곳에 있을 줄은 꿈에도 생각하지 못했던 배정근은 넋을 놓고 바라보느라 뒤에서 누군가 다가오고 있는 것을 눈치채지 못했다. 그러다가 뒤에 서 있는 그림자를 보고는 황급히 뒤를 돌아봤다. 달빛을 등진 채 그를 바라보고 있는 것은 황만덕이었다. 놀란 배정근이 주먹을 휘둘렀지만 간단하게 제압당하고 말았다. 그를 쓰러뜨린 황만덕이 한 손으로 입을 가린 채 귓가에 대고 속삭였다.

"조용히 해. 누가 지켜보고 있어."

의외의 얘기를 들은 배정근이 바라보자 황만덕이 고개를 돌려서 손탁호텔 쪽을 바라봤다.

"저쪽에서."

배정근의 입을 막은 손을 천천히 뗀 황만덕이 말했다.

"벽에 바짝 붙어 있어."

배정근을 지나 골목길 안으로 들어간 황만덕은 잠시 후에 오일규와 함께 돌아왔다. 두 사람이 서로 알고 있다는 사실이 놀라웠지만 앞서 받은 충격 때문인지 오히려 덤덤하게 볼 수 있었다. 상기된 표정의 오일규가 황만덕에게 물었다.

"누군지 알아냈느냐?"

"살롱 쪽 창문으로 이쪽을 보고 있어서 누군지 모르겠습니다."

오일규가 분하다는 표정을 지으며 주먹으로 골목길의 담벼락을 쳤다.

"젠장, 이러다가 가지도 못하게 생겼군."

황만덕이 화를 참지 못하는 오일규에게 말했다.

"일단 돌아가시죠."

"그럼세."

"제가 앞장서겠습니다. 그리고."

배정근을 힐끔 쳐다본 황만덕이 씩 웃었다.

"진실을 들을 준비가 되었으면 따라와."

밝혀지는
진실

세 사람은 어둠을 가로질러 손탁호텔로 돌아왔다. 그리고 조심스럽게 2층으로 올라가서 손탁 여사의 방으로 들어갔다. 배정근이 곰보에게서 열쇠를 받았기 때문에 바깥 계단을 타고 올라가서 문을 열고 들어갈 수 있었다. 문이 잠겼는지 확인하고 잠깐 동안 복도 쪽 동태를 살핀 황만덕이 고개를 끄덕이고는 성냥을 꺼내서 벽에 걸린 등에 불을 붙였다. 보이로 일할 때의 거만함과 느긋함은 찾아볼 수 없었다. 창가에 기댄 오일규가 팔짱을 낀 채 깊은 한숨을 쉬었다. 불붙은 성냥을 흔들어서 끈 황만덕이 방 가운데 서 있던 배정근을 바라봤다.

　"설마 했는데 이렇게까지 파헤칠 줄은 꿈에도 몰랐어."

　"대체 어떻게 돌아가는 거야?"

"어디부터 얘기해 줄까?"

황만덕의 물음에 배정근은 대답했다.

"일단 네 정체."

"나는 제국익문사 소년 정탐대 소속 요원이야. 제국익문사가 뭐 하는 곳인지는 알지?"

고개를 끄덕거린 배정근이 물었다.

"황만덕이 본명이야?"

"난 수십 개의 이름이 있어. 진짜 이름은 모르는 게 좋을 거야. 그다음은?"

배정근은 팔짱을 낀 채 자신을 바라보는 오일규를 보면서 입을 열었다.

"저 사람 정체, 그리고 경운궁 안에 왜 손탁 여사가 있는지."

배정근의 얘기를 들은 오일규가 끼고 있던 팔짱을 풀면서 물 었다.

"봤니?"

"네."

아랫입술을 지그시 깨문 오일규가 황만덕을 바라봤다.

"우릴 감시하던 자도 손탁 여사를 봤을까?"

"거리가 멀어서 알아볼 수 없었을 겁니다. 하지만 의심은 할 겁 니다."

"큰일이군. 밀서를 손에 넣지 못하면 가 봤자 아무 소용이 없는데 말이야."

배정근은 둘 사이에 오가는 얘기를 알아들으려고 했지만 도통 감을 잡을 수 없었다. 그런 배정근을 바라본 오일규가 황만덕에게 물었다.

"이 친구는 믿을 만한 거야?"

"확인해 봤는데 깨끗합니다."

"요즘은 죄다 왜놈 첩자들뿐이라서 도통 믿을 만한 사람이 없어."

"제가 직접 시험해 봤습니다. 집안도 별 문제 없고, 오늘 낮에 참정대신이 회유하려고 했지만 안 넘어갔답니다."

"망할 녀석 같으니, 나라를 팔아먹으려고 혈안이 된 자가 어찌 대신이라고 할 수 있겠느냐."

"사람 같지 않은 사람들이 많은 게 요즘 세상이잖습니까."

나이가 든 오일규가 혈기에 가득 찬 반면, 또래의 황만덕은 마치 백년 묵은 여우처럼 능글맞았다. 오일규를 진정시킨 황만덕이 배정근을 바라봤다.

"진실을 들을 준비가 되어 있니?"

마른침을 삼킨 배정근이 고개를 끄덕이자 황만덕이 오일규를 바라봤다.

"먼저 저분 정체부터 얘기하지. 어디까지 알고 있어?"

"평리원 검사였다가 3월에 면관되었다는 거, 성이 이씨고 이름이 외자라는 것까지는 알아냈어."

배정근의 얘기를 들은 오일규의 눈이 휘둥그레졌다. 그런 오일규를 보고 황만덕이 피식 웃었다.

"제가 보통내기가 아니라고 말씀드렸잖아요."

헛웃음을 지은 오일규가 입을 열었다.

"나는 전직 평리원 검사 이준이다."

"왜 가짜 이름과 신분으로 호텔에 투숙하신 겁니까?"

"어디론가 가기 위해서, 그리고 거길 가기 위해서 반드시 필요한 걸 손에 넣기 위해서 여기 머문 것이다."

"어딜 가기 위해서 가짜 이름으로 여기에 머물렀다는 얘깁니까?"

"해아(헤이그)라는 곳이 어딘지 아느냐?"

오일규, 아니 이준의 물음에 배정근은 고개를 저었다.

"아뇨. 어딥니까?"

"화란(네덜란드)이라는 구라파에 있는 도시다. 그곳에서 제2회 만국평화회의가 열린단다."

"만국평화회의는 또 뭡니까?"

"전 세계의 국가들이 모여서 만국공법에 의해 전쟁을 중단하고 평화를 논의하는 회의란다. 아라사의 황제 니고랍(니콜라이) 2세가 처음 주창했지. 광무 3년*에 첫 번째 회의가 열렸고, 이번이 두 번

---

* 광무는 대한제국의 연호로, 광무 3년은 1899년을 가리킨다.

째다."

"그 회의에 참석하시는 겁니까?"

배정근의 물음에 이준이 고개를 끄덕였다.

"원래는 3년 전에 열릴 예정이었지만 아라사와 일본 간의 전쟁으로 인해서 올해로 연기되었다. 우리 대한제국은 작년에 니고랍 2세에게서 초청장을 받아 놓은 상태였지. 그곳에 가서 만국의 열강들에게 일본의 침략을 규탄하고 부당하다는 사실을 얘기할 것이다. 그리하면 일본도 한 걸음 물러날 수밖에 없을 것이야."

"《트리뷴》 기자에게 밀서를 보낸 것처럼 일본의 죄상을 세상에 알린다는 말입니까?"

"그것은 신문이니까 여론을 환기시키는 것에 불과했지만 이번엔 만국의 열강들이 참석하는 큰 국제회의다. 성사만 된다면 왜놈을 이 땅에서 몰아낼 수 있을 것이다."

"그런데 왜 떠나지 않고 여기 계속 머무르셨던 겁니까?"

질문을 받고 곤혹스러워 하는 이준 대신 황만덕이 대답했다.

"만국평화회의에 참석하려면 황제 폐하 옥새가 찍힌 밀서가 있어야만 하니까, 그게 없으면 대표 자격을 인정받지 못해서 참석할 수가 없어."

"그걸 기다리고 있었군."

"맞아. 문제는 경운궁 안에 왜놈 첩자들이 잔뜩 깔려 있어서 밀서를 받아 내는 게 쉽지 않다는 거지. 올 초 《트리뷴》에 밀서 기사가 실리면서 감시가 더 심해졌어."

"밀서를 받아 내지 못하면 못 가는 거야?"

"갈 수는 있겠지. 하지만 빈손으로 가면 회의장 안에 들어갈 수 없어. 원래 계획은 특사들이 피득보(상트페테르부르크)로 가서 아라사 황제 니고랍 2세를 알현해서 도움을 요청한 다음, 해아로 가서 만국평화회의에 참석하는 거였어. 그런데 일본놈들의 감시 때문에 오도 가도 못 하고 있는 거지."

"얼마나 여유가 있는 건데?"

"회의는 6월 15일에 시작돼."

"오늘이 4월 20일이니까 두 달도 채 안 남았네."

속으로 날짜를 계산한 배정근의 얘기에 황만덕이 한숨을 쉬었다.

"해삼위(블라디보스토크)에서 서백리아(시베리아) 횡단열차를 타고 가야 하기 때문에 시간이 촉박한 편이야. 그래서 아까 밤에 위험을 무릅쓰고 경운궁으로 가려고 했던 건데…."

"그런데 손탁 여사님은 왜 궁궐 안에 머물러 계시는 건데?"

"머물고 있는 게 아니라 숨어 있는 거야."

이해가 가지 않은 배정근이 물었다.

"뭐라고?"

"애초 계획은 특사단의 부사로 임명된 이준 검사님께서 가명으로 이곳에 투숙하고, 손탁 여사가 궁궐에 들어가 중명전에서 기다리고 있다가 황제 폐하로부터 밀서를 전달받아서 가지고 나와 전달할 예정이었어. 그러면 이준 검사님은 자연스럽게 호텔을 떠나서 돌아가는 것처럼 해서 해삼위로 갈 계획이었지. 그런데 밀서를 전달받는 과정에서 다른 요원에게서 급한 연락이 왔었어."

"어떤 연락?"

"호텔에 있는 누군가가 일본의 첩자라는 거지. 밀서가 전달되는 현장을 덮칠 예정이었던 거야."

"맙소사. 그 첩자가 누군데?"

배정근의 물음에 황만덕은 고개를 저었다.

"몰라. 그 정보를 전달한 다음에 연락이 끊겼거든. 엊그제 애오개 고개에서 발견되었어. 목이 반쯤 잘린 채로."

"들통났군."

"고문당한 흔적이 있긴 한데 얼마만큼 자백을 했는지는 알 수 없어. 어쨌든 호텔에 일본 첩자가 있다는 게 확인되었기 때문에 손탁 여사는 돌아오지 못하고 중명전에 그대로 머물러 있어."

"그럼 다른 사람을 시켜서 밀서를 받으면 되잖아."

배정근이 답답하다는 말투로 얘기하자 잠자코 듣고 있던 이준이 끼어들었다.

"모르는 소리. 누가 일본의 첩자인지 아무도 모르기 때문에 믿고 맡길 수가 없다. 게다가 호텔에 있는 사람 중에 누가 첩자인지 모르는 상태잖아."

"그래서 코앞에 두고도 서로 만나지 못했던 거군요."

"그래서 오늘 밤에 무리를 해서라도 만나 보려고 했다. 그런데 상대방도 그걸 예상했던 모양이구나."

배정근은 손탁 여사가 호텔 코앞에 있는 경운궁 중명전에 몸을 숨기고 있었다는 사실에 어이가 없었다. 그리고 그녀가 왜 호텔에 돌아오지 못하고 이들이 왜 해아로 떠나지 못하는지도 알았다. 그래서 더욱더 슬퍼졌다. 마음을 가다듬은 그가 이준에게 물었다.

"그럼 청도로 간다는 손탁 여사의 편지는 어떻게 된 건가요?"

"제국익문사의 작품이다. 갑자기 호텔에서 자취를 감추게 되면 매국노들이 의심을 할까 봐 급하게 잠시 떠난다는 편지를 쓰게 한 것이지."

"정문의 우체통에 넣은 건 만덕이겠군요."

배정근의 애기를 들은 황만덕이 히죽 웃었다.

"쫓겨난 상태라서 호텔 안까지 들어갔다가는 의심을 살 거 같아서 말이야."

"그렇게 갑자기 쫓겨난 것도 이번 일과 연관이 있었던 거지?"

"물론이지. 이준 검사님과 함께 해삼위까지 동행할 예정이라서 관둬야 할 상황이었는데 그냥 관두면 의심을 살 거 같아서 말이야."

"나를 상대로 거짓말한 건 일부러 그런 거고."

"맞아. 손탁 여사님과 미리 애기를 해 둔 상태였어. 그렇게 해야 쫓겨나도 의심을 사지 않을 거였거든."

어처구니가 없다는 표정으로 배정근이 바라보자 황만덕이 어깨를 으쓱거렸다.

"미안, 어쩔 수 없었어."

"그럼 손탁 여사도 네 정체를 알고 있었던 거네."

"익문사의 주요 임무 중 하나가 개항장을 비롯해서 여러 곳에 있는 외국인들의 동태를 살피는 거야. 손탁호텔은 궁궐에 드나드는 외국인들이 머무는 곳이니까 당연히 감시를 해야지."

"해아에 밀사를 보내는 것도 제국익문사의 임무야?"

"우린 제국을 수호하기 위해 모든 방법을 다 사용하고 있어. 이번에 해아에 특사를 보내는 것도 우리 제국익문사에서 심혈을 기울이고 있는 일 중 하나야."

"문제는 이 호텔 안에서 누가 일본 첩자인지 모른다는 거지?"

"맞아. 아마 밀서를 전달하는 과정에서 탈취하려고 할 거야. 그러면 해아에 특사를 보내는 건 둘째치고 황제 폐하의 안위를 걱정해야 할 상황에 처해."

"뭐라고?"

"일본 통감부에서 황제 폐하의 밀서를 손에 넣고 협박을 할 수도 있으니까 말이야. 손탁 여사가 위험하다고 느낀 게 이토 통감이 베푼 연회였어."

"그게 왜?"

"보통은 참석한 사람들만 남고 나머지는 모두 나가도록 해. 그런데 그때는 이토 통감이 계속 손탁 여사를 붙잡아 두고 있었어. 그래서 이상한 생각이 들어서 방에 돌아왔더니 누군가 뒤진 흔적이 남아 있었대."

"그러니까 손탁 여사의 방을 뒤지기 위해서 이토 통감이 일부러 붙잡아 둔 것이라 이거지."

고개를 끄덕인 황만덕이 말을 끝맺지 못했다.

"놈들은 수단 방법을 가리지 않아."

"며칠 전에도 누군가 방을 뒤진 흔적이 있었어. 칼이나 송곳으로 열고 들어왔는지 열쇠 주변에 흠집이 나 있었어."

"훈련받은 첩보원이라면 이 방의 자물쇠를 여는 건 일도 아니야. 그래서 일을 서두르기로 했는데…."

"지금 머물고 있는 손님은 둘이잖아. 그중 한 명이 일본 첩자라는 말이지."

"보이 중에도 있을지 몰라."

"일단 그자의 정체를 밝히는 게 우선이겠네."

"맞아. 그자를 찾아내지 못하면 특사가 밀서를 가지고 해아로 갈 수 없어."

"게다가 나랑 같이 조사했던 이화학당 학생 이복림이 참정대신 이완용의 조카였어."

"알았으면 미리 경고를 해 줬을 텐데 우리도 미처 몰랐어. 걔는 어느 정도까지 알고 있어?"

"손탁 여사가 청도에 없다는 거까지. 그리고 오일규 씨가 평리원에서 일한 적이 있다는 것까지."

"많이 알고 있네."

"그나마《대한매일신보》에서 이름을 전부 확인하지 못한 것이 천만다행이었어. 하지만 알아내는 건 시간문제일 거야."

두 사람의 얘기를 듣던 이준이 끼어들었다.

"내가 한 달 전에 평리원에서 면관될 때 가장 크게 싸웠던 것이 평리원 재판장 이윤용이었다. 바로 참정대신의 이복형이지."

이준의 얘기를 들은 황만덕이 말했다.

"이제 정말 시간이 없습니다. 이복림을 통해서 정보가 흘러들어 갈 것이고, 오늘 밤중에 이준 검사님이 움직인 걸 알아차린다면 기다릴 것도 없이 들이닥칠 수도 있습니다."

"난감하군, 그렇다고 빈손으로 갈 수도 없고 말이야. 그동안 두 명을 살펴봤는데 도통 누가 첩자인지 알 방도가 없었어."

두 사람의 얘기를 들은 배정근은 잠시 고민에 빠졌다. 박석천과 나카무라, 둘 중 한 명이 첩자가 분명했지만 누군지 구분할 수 없었다. 박석천은 영락없이 시골뜨기였고, 나카무라는 특별히 눈에 띄는 짓을 한 적이 없었기 때문이다. 배정근은 잠시 눈빛을 반짝거렸다.

"나한테 좋은 방법이 있어."

다음 날 아침, 모든 게 평온했다. 곰보가 돌아다니면서 보이들을 다독거렸기 때문이다. 아침을 먹는 와중에 제물포 우선회사 직원 오일규로 위장한 이준은 오늘로 출장이 끝나서 제물포로 돌아간다고 넌지시 말했다. 오늘 빠져나갈 명분을 얻기 위한 핑계였다. 그 얘기를 제외하고는 별다른 얘기가 오가지 않은 가운데 1층 식당에서 아침 식사가 거의 끝나 갔다. 빈 그릇을 들고 밖으로 나온 배정근은 정문의 우체통으로 향했다. 그곳에는 아침나절에 황만덕이 구해 온 전보용지가 들어 있었다. 배정근은 한 손에 전보용지를 쥔 채 호들갑을 떨면서 호텔로 돌아왔다.

　　"여사님이 돌아오신대."

　　그러자 보이들이 하던 일을 멈추고 다들 돌아봤다. 식사를 거의 마친 세 명의 손님도 모두 배정근을 바라봤다. 쟁반을 든 곰보가 물었다.

　　"정말?"

　　"방금 청도에서 전보가 왔어. 내일 도착하신대."

　　손꼽아 기다리던 소식인지 보이들은 모두 기뻐했다. 배정근에게 미리 얘기를 들었던 오일규는 관심이 없다는 듯 딴 데를 봤고, 다른 두 명도 별다른 반응을 보이지 않았다. 가까이 다가온 곰보가 물었다.

　　"내일 언제?"

　　곰보가 슬쩍 전보를 보려고 하자 배정근은 얼른 숨긴 채 대답했다.

"알려 주지 말라고 적혀 있어. 난 올라가서 방 청소 할게."

"알았어."

배정근은 일부러 쿵쾅거리면서 계단을 올라가서 손탁 여사의 방으로 향했다. 그리고 방 안 책상 위에 전보를 올려놓고 나왔다. 바깥 계단으로 나오면서 법국 공사관 쪽으로 크게 손짓을 했다. 그러자 공사관 지붕에 몸을 숨기고 있던 황만덕이 손짓으로 응답을 했다. 망원경으로 방 안에 침입하는 사람을 감시할 예정이었다. 홀가분하면서도 무거워진 마음으로 계단을 내려온 배정근은 손탁호텔의 정문으로 들어서는 이복림과 마주쳤다. 굳은 표정을 지은 배정근이 돌아서려고 하자 이복림이 말했다.

"잠깐 얘기 좀 해."

"할 얘기 없어."

배정근이 휙 돌아서자 이복림이 뒤따라와서 손목을 잡아끌었다.

"지금 이럴 시간 없어."

손을 뿌리치려던 배정근은 이복림과 얼굴을 가까이 마주하고 말았다. 그녀가 내뿜는 따스한 숨결과 초롱초롱한 눈망울에 배정근은 순간 당황했다. 이복림 역시 당황했는지 얼른 손을 놓고 뒤로 물러나면서 입을 열었다.

"속이려고 했던 건 아냐."

"결과적으로는 그렇게 된 셈이잖아. 게다가 날 따라다니면서 이것저것 캐냈던 걸 다 얘기했을 테고."

"아무 얘기도 안 했어."

이복림의 얘기에 배정근은 잠시 머뭇거리다가 대꾸했다.

"네가 이완용의 조카였다니."

"우리는 서자 집안이야. 과천에서 쭉 살다가 얼마 전에 올라오면서 왕래를 하게 된 거고."

"어쨌든 어제 만나서 다 얘기했을 거 아냐."

"큰아버지가 물어본 건 사실이지만 우리가 알아낸 건 말해 주지 않았어."

"못 믿겠어."

배정근이 차갑게 대답하자 이복림은 더 이상 입을 열지 않았다. 배정근이 돌아서자 이복림이 조그마한 목소리로 중얼거렸다.

"아는 대로 얘기해 주면 미리견으로 유학 보내 주겠다고 했는데도 아무 말 안 했단 말이야."

하지만 배정근은 이미 호텔 안으로 사라진 상태였다. 낙담한 이복림은 고개를 떨구었다.

점심이 지나고 다른 보이들이 담배를 피우러 밖으로 나간 사이 배정근은 뒤뜰로 향했다. 법국 공사관 지붕에 올라가 있던 황만덕이 벽을 타고 내려와서는 그에게 다가왔다.

"확인했어?"

배정근의 물음에 황만덕이 대답했다.

"30분 전에 박석천이 방으로 들어오는 걸 봤어."

"그자가 일본의 첩자였군."

"그런 거 같아."

"그럼 그자의 눈만 속이면 되겠네."

"잔뜩 촉각을 곤두세우고 있어서 쉽지 않을 거야."

"상대방이 손탁 여사가 중명전에 있다는 걸 모른다면 승산이 있어. 일단 손탁 여사가 온다는 시간에 맞춰서 이준 검사님이 서대문 정거장에 나가면 박석천도 따라서 움직이겠지. 그 사이에 손탁 여사님이 밀서를 가지고 중명전을 나와서 이곳에 온 다음에 길이 헷갈린 것처럼 하면 되는 거야."

새벽에 내내 머리를 짜낸 계획이었다. 몹시 위험하긴 했지만 더이상 지체할 수 없었기 때문에 일본 첩자의 정체가 확인되는 대로 계획을 진행하기로 했다. 가짜 전보에 손탁 여사가 도착하기로 한시각은 오후 세 시였다. 이준은 두 시 반쯤 서대문정거장으로 나갈 예정이고, 일본 첩자인 박석천이 따라가면 황만덕이 경운궁 중명전으로 가서 손탁 여사를 데려올 것이었다. 그리고 세 시가 넘어서 이준이 돌아오면 손탁 여사가 건넨 황제 폐하의 밀서를 넘겨주는 것이 전체 계획이었다. 밀서를 넘겨받은 이준이 돌아간다는 핑계를 대고 호텔을 떠나게 되어 있었다. 시간은 느리게 흘러가는 것 같았다. 초조함을 숨기기 위해 평상시처럼 일을 하면서 시간이 흐르기를 기다렸다. 약속된 시간이 되자 양복 차림에 중절모를 쓴 이준이 손탁호텔을 빠져나왔다. 창틀을 닦으면서 살펴보던 배정근은 잠시 후, 박석천이 지팡이를 든 채 허둥지둥 나오는 것을 봤다. 박석천이 밖으로 나가자 배정근은 뜰로 나가서 손을 크게 흔들었다. 그러자 법국 공사관 쪽 담장 그림자 안에 숨어 있던 황만덕이 잽싸게 경운궁 쪽으로 향했다. 30분 안에 황만덕이 손탁 여사를 데리고 돌아오지 못하면 계획은 물거품이 되는 것이었다. 초조해진 배정근은 창틀을 꾹꾹 눌러서 닦았다. 한 시간 같았던 10분이 지나자 손탁호텔 정문에 황만덕과 손탁 여사가 모습을 드러냈다. 며칠 만에 만난 손탁 여사는 약간 핼쑥해졌을 뿐 건강해 보였다. 정문 앞에서 황만덕이 크게 손을 흔들고는 돌아섰다. 이제 황만덕은 서대문정거장에 가서 네 시 반에 부산의 초량역으로 떠나는 열차를 기다릴 예정이었다. 그리고 밀서를 넘겨받은 이준과 함께 열차에 오르면 헤아로 가는 길이 열리는 것이다. 황만덕이 사라진 것을 확인한 배정근은 마치 우연찮게 눈이 마주친 것처럼 호들갑을 떨었다.

"여사님!"

그러자 활짝 웃은 손탁 여사가 대꾸했다.

"잘 지냈니?"

"그럼요."

여러 의미가 담긴 미소를 지은 배정근의 대답에 손탁 여사가 따뜻하게 웃었다.

"나를 찾느라고 동분서주했다는 얘기 들었다. 정말 고맙구나."

"당연히 할 일이었는 걸요."

두 사람이 얘기를 나누는 사이 소리를 듣고 달려 나온 보이들이 하나둘씩 주변에 모였다. 그들을 본 손탁 여사가 낮은 목소리로 슬쩍 말했다.

"이따가 이준 씨가 오면 내 방으로 올라오라고 하려무나. 네가 직접 데리고 올라와라."

"그렇게 할게요."

얘기를 나눈 배정근이 뒤로 빠지자 손탁 여사는 보이들에게 둘러싸여서 인사를 나눴다. 한숨 돌린 배정근이 현관에서 지켜보는 사이 손탁 여사는 보이들과 함께 호텔로 들어갔다. 잠시 후, 지팡이를 든 이준이 빠른 걸음으로 돌아왔다.

"손탁 여사는?"

"좀 전에 도착했습니다."

"밀서는 어떻게 넘겨주기로 했느냐?"

"잠시 후에 저랑 같이 방으로 오랍니다."

"알겠다. 거머리 같은 놈이 계속 따라붙어서 측간을 가는 척하고 빠져나왔다."

"그자가 오기 전에 밀서를 넘겨받아야 합니다."

"바로 올라가자. 떠나기 전에 인사하러 간다고 하면 아무도 의심하지 않을 게다."

"저는 가방을 들어주는 핑계를 대고 따라 들어갈게요."

"시간이 없으니까 서두르자."

두 사람은 2층에 있는 이준의 방으로 들어갔다. 배정근이 침대 옆에 놓인 슈트케이스를 집어 들자 숨을 고른 이준이 문을 열고 밖으로 나왔다. 그러고는 곧장 손탁 여사의 방으로 향했다. 이준이 손으로 문을 두드리는 사이 슈트케이스를 들고 뒤에 서 있던 배정근은 복도를 돌아봤다. 박석천이 돌아오지 않는 이상 안전해야만 했는데 뭔지 모를 불안감이 깃들었다. 손탁 여사가 문을 열어 주면서 말했다.

"얼른 들어와요."

잽싸게 안으로 들어간 배정근은 문을 닫았다. 그 사이, 손탁 여사는 단단히 밀봉된 밀서를 이준에게 건넸다.

"옥새가 찍힌 밀서입니다."

"고생 많으셨습니다. 여사님."

"아닙니다. 황제 폐하와 백성을 위하는 길인 걸요."

잠시 덕담을 나눈 두 사람이 악수를 하고는 얘기를 끝마쳤다. 벽에 기댄 배정근이 한숨을 쉬는 찰나, 굳게 닫힌 줄 알았던 문이 활짝 열렸다. 놀라서 돌아본 배정근과 문을 연 사람의 눈이 마주 쳤다.

"고, 곰보?"

"큰소리치지 말고 저쪽으로 가. 어서."

인상을 쓴 곰보의 손에는 권총이 쥐어져 있었다. 배정근은 뒤통수를 쇠망치로 얻어맞은 기분이 들었다.

"설마, 너도?"

"첩자냐고? 아니, 돈을 받기로 제안을 받았고, 그걸 승낙한 것뿐이야. 제국익문사나 통감부는 별 관심 없어. 내 목적은 오직 돈이니까."

"아무리 그래도 그렇지. 어떻게 왜놈의 첩자 노릇을 할 수 있어?"

"못 할 건 뭔데? 대신부터 나라를 못 팔아먹어서 안달인데 말이야."

이죽거린 곰보가 천천히 방 안으로 들어왔다.

"어떻게 해서든 밀서를 여기서 주고받을 거라고 생각해서 끝까지 기다렸지."

"밀서를 왜놈한테 팔 생각이야?"

"아주 크게 값을 쳐준다고 했거든."

곰보의 얘기를 들은 이준이 나섰다.

"나는 이걸 가지고 헤이로 가야만 한다."

"거기 가서 떠든다고 일본이 알아서 물러난답니까? 아니면 백성들이 죄다 의병으로 변해서 왜놈들을 쫓아낼 거 같습니까? 그만 정신 차리십시오."

"네 이놈! 감히 나라를 등지겠단 말이냐?"

"지금 등을 질 나라라도 있답니까? 총을 쏘고 싶지는 않으니까 얌전히 밀서를 넘겨주십시오. 그럼 아무도 안 다칠 겁니다."

"절대 그럴 수 없다. 차라리 날 쏘고 가져가라."

수염을 파르르 떤 이준이 거칠게 대꾸하고는 밀서를 가슴에 갖다 댔다.

"마지막 경고입니다. 얌전히 건네주고 물러나요."

배정근은 두 사람 사이의 입씨름을 지켜보다가 복도에 서 있는 또 다른 누군가를 발견했다. 권총을 든 곰보는 문을 등지고 있었기 때문에 복도에 누가 나타났는지 볼 수 없었다. 배정근에게 조용하라는 눈빛을 보낸 이복림은 조심스럽게 곰보의 뒤로 다가갔다. 그러다가 뒤를 돌아보면 총에 맞을 게 분명했기 때문에 배정근은 조마조마한 심경으로 지켜봐야만 했다. 곰보의 뒤쪽으로 가까이 접근한 이복림이 들고 있던 작은 화분으로 곰보의 머리를 내리쳤다. 깨진 화분 조각들이 사방으로 튀는 가운데 불의의 일격을 당한 곰보는 그대로 꼬꾸라지고 말았다. 한숨 돌린 배정근이 물었다.

"복림아. 어떻게 된 거야?"

배정근의 물음에 이복림이 쓰러져 있는 곰보를 내려다보면서 대답했다.

"아까 못 한 얘기를 하려고 왔다가 이놈이 방으로 올라가는 걸 보고 따라왔어."

"곰보가 첩자인 걸 알고 있었어?"

"어제 알았어. 큰아버지랑 마차를 같이 탔는데 가까이 와서는 뭔가를 얘기했어. 그리고 큰아버지가 계속 지켜보라고 하고는 얘기를 끝냈어."

배정근은 이복림의 얘기를 들으면서 곰보를 한 번도 의심하지 않은 것을 자책했다. 아무 말 없이 잘 도와줬고, 중간에 손탁 여사의 방에 누군가 침입했다는 사실을 알려줘서 별다른 의심을 하지 않았던 것이다. 이복림이 그런 배정근에게 말했다.

"어제 밤새 생각해 봤는데 아무래도 이상해서 알려주려고 왔었어. 그런데 얘기도 듣지 않고 가 버렸잖아."

아까 오전의 일을 떠올린 배정근은 얼굴이 화끈거렸다.

"미, 미안."

"어쨌든 다시 얘기해 주려고 왔는데 이자가 도둑놈처럼 올라가는 걸 보고 뭔가 있다 싶어서 따라온 거야."

"아무튼 고마워."

두 사람이 얘기를 주고받는 사이, 쓰러진 곰보를 내려다보던 이준이 혀를 찼다.

"아직 어린 것 같은데 벌써 매국노 노릇을 하다니, 기가 찰 노릇이군."

뒤늦게 정신을 차린 배정근이 이준에게 말했다.

"지금 이럴 시간 없습니다. 어서 가시죠."

그 사이 권총을 챙긴 손탁 여사도 거들었다.

"여긴 나한테 맡기고 어서 가세요."

이준이 쓰러진 곰보를 넘어서 복도로 나왔다. 배정근도 슈트케이스를 들고 뒤따라 나갔다. 이복림도 배정근의 뒤를 따랐다. 아래층으로 내려간 배정근과 이준은 때마침 정문으로 들어오는 박석천과 마주쳤다. 낭패감 어린 표정으로 들어오던 박석천은 세 사람을 보고는 움찔했다. 이준이 매서운 눈길로 쏘아보자 박석천은 마른침을 삼키며 뒤로 물러났다. 배정근은 이복림과 함께 얼떨떨해하는 박석천의 곁을 지나쳤다. 안도의 한숨을 쉰 배정근은 이준을 따라 손탁호텔 정문으로 향했다. 정문의 기둥 뒤에서 황만덕이 모습을 드러냈다. 서대문정거장에 있어야 할 그가 나타난 걸 보고 배정근은 깜짝 놀라서 걸음을 멈췄다.

"여기 왜 온 거야?"

황만덕은 대답 대신 허리춤에서 뭔가를 뽑았다. 그리고 앞으로 달려 나오면서 외쳤다.

"엎드려!"

이준이 배정근의 어깨를 움켜잡고 그 자리에 주저앉혔다. 머리 위로 뭔가가 날아가는 것이 느껴졌다. 고개를 뒤로 돌리자 박석천이 어깨를 움켜잡고 바닥을 뒹굴고 있는 게 보였다. 한쪽 어깨에는 황만덕이 던진 작은 표창이 박혀 있었다. 쓰러진 박석천 옆에는 들고 있던 지팡이가 뒹굴고 있었는데 손잡이 부분이 살짝 빠져나와 있었다. 발로 지팡이를 멀리 걷어찬 황만덕이 말했다.

"지팡이 안에 칼이 있었어."

"이걸로 검사님을 해치려고 한 거야?"

"얘기했잖아. 이놈들은 수단 방법을 가리지 않는다고."

"그나저나 여긴 왜 온 거야?"

"시간이 지났는데도 안 와서 와 봤어."

"돌아가서 열차를 타기에 너무 늦은 거 아니야?"

걸어서 가기에는 너무 늦었고, 인력거도 아슬아슬해 보였다. 하지만 황만덕은 뜻밖에도 느긋해 보였다.

"따라와."

호텔 정문 옆에는 처음 보는 것이 기대져 있었다. 인력거처럼 바퀴가 보였는데 양쪽이 아니라 앞뒤로 붙어 있었다.

"이게 뭐야?"

"자전거라는 거야. 저것만 있으면 바람처럼 달릴 수 있어서 서대문정거장까지는 눈 깜짝할 사이에 갈 수 있어. 전차랑 인력거를 타고 다니는 널 따라잡은 것도 이 자전거 덕분이었지."

배정근에게 간단하게 설명한 황만덕이 자전거에 올라타면서 이준에게 말했다.

"뒷자리에 타십시오."

엉거주춤 자전거 뒷자리에 앉은 이준은 배정근이 건넨 슈트케이스를 품에 안았다. 황만덕이 배정근에게 말했다.

"놈들을 이틀만 잡아 줘. 그럼 무사히 해삼위로 갈 수 있어."

"걱정 마."

배정근의 대답을 들은 황만덕이 말했다.

"참, 원래 내 이름은 이태환이야."

자기 이름을 애기한 이태환이 자전거 손잡이를 단단히 잡은 채 이준에게 소리쳤다.

"꽉 잡으십시오."

말이 끝나기가 무섭게 자전거가 쏜살같이 달려 나갔다. 정동 거리로 나선 자전거는 삽시간에 사람들을 제치고 사라져 버렸다. 두 사람이 눈에 보이지 않을 때까지 바라보던 배정근은 돌아서서 쓰러져 있는 박석천에게 다가갔다. 뒤에 남아 있던 이복림이 도망치지 못하게 지켜보는 중이었다. 시골사람이라는 거짓을 벗어던진 박석천의 눈빛은 매서웠다. 호텔 안의 보이들이 소리를 듣고는 하나둘씩 모여들었다. 배정근은 보이들에게 말했다.

"손님을 어서 방으로 모셔."

"안 돼! 나를 헌병대 사령부로 보내 줘. 아니면 누가 가서 내가 여기 있다고 말해다오."

주저하던 보이들에게 배정근이 다시 외쳤다.

"어서 2층 방으로 모시라니까!"

그러자 보이들이 발버둥을 치는 박석천을 들어서 2층의 방으로 끌고 갔다. 보이들이 모두 나가고 방에 단둘이 남게 되자 박석천이 배정근에게 말했다.

"어차피 이래 봤자 실패하고 말 거야. 그러니까 포기하고 나랑 손잡자."

배정근은 대답 대신 침대 시트를 뜯어서 끈처럼 만든 다음에 박석천의 팔과 다리를 묶었다.

"이게 무슨 짓이야?"

"며칠만 참으세요. 음식은 제가 가져다 드릴게요."

"미친 놈! 어서 날 풀어 줘."

배정근은 고래고래 소리를 지르는 박석천의 입을 남은 천으로 틀어막았다. 그러고는 문을 닫고 열쇠로 잠갔다. 그리고 곧장 손탁 여사의 방으로 갔다. 곰보는 정신을 차렸지만 권총을 겨누고 있는 손탁 여사의 기세에 눌려 구석에 쭈그리고 앉아 있었다. 손탁 여사가 배정근에게 물었다.

"떠났니?"

"네. 이틀 동안만 붙잡아 두고 있으랍니다. 박석천은 방에 있는 침대에 묶어 놨습니다."

"곰보는 뒤쪽 창고에 가두자꾸나. 전에 도둑질을 하거나 거짓말을 한 보이들을 거기에다 가둔 적이 있었다."

"알겠습니다."

손탁 여사의 처분에 곰보가 무릎을 꿇었다.

"자, 잘못했습니다. 여사님. 제가 돈에 눈이 어두워져서 그만…."

"정말 잘못했다고 생각하면 이틀 동안 조용히 있어라."

"네."

눈물을 쏟으며 대답한 곰보는 순순히 밖으로 끌려 나와서 뒤쪽의 창고로 걸어갔다. 자물쇠를 채운 손탁 여사는 열쇠를 배정근에게 넘겼다.

"물과 음식은 쇠창살로 넘겨주면 된다. 그리고 보이들 모두 현관 앞에 모이라고 해라."

"알겠습니다."

보이들이 현관에 모이자 잠시 후 계단에서 내려온 손탁 여사가 차분한 표정으로 말했다.

"급한 일이 있어서 자리를 비웠는데도 별 문제 없이 잘 일해 줘서 고맙다. 이제 손님들도 모두 돌아갔으니까 오늘부터 사흘 동안 집에 갔다 오너라."

뜻밖의 휴가를 받은 보이들은 다들 기뻐했다. 환호성이 잦아들자 손탁 여사가 옆에 서 있는 배정근을 바라봤다.

"미안한데 넌 남아서 뒷정리를 도와다오."

"그럼요."

한숨 돌린 배정근은 몇 발자국 떨어진 곳에서 지켜보던 이복림과 눈이 마주쳤다. 고마움이 담긴 눈빛을 던지자 그녀는 자그마한 웃음으로 대답을 대신했다. 짐을 챙긴 보이들이 하나둘씩 떠나면서 손탁호텔은 삽시간에 조용해졌다. 그 모습을 지켜보던 손탁 여사가 배정근과 이복림에게 말했다.

"이제 우리끼리 저녁이나 먹을까?"

세 사람은 살롱에 모여서 스프와 빵으로 간단한 저녁 식사를 했다. 배정근이 감자스프에 빵을 찍어 먹으면서 손탁 여사에게 물었다.

"헐버트 선교사랑 배설 사장을 만났는데 두 분 다 여사님의 도움을 받았다고 하던데요."

"나는 단지 얘기를 전달했을 뿐이다. 세상 그 어떤 나라도 약하다는 이유로 다른 나라의 침략과 지배를 받아야 할 이유는 없으니까 말이다."

"해아에 밀사가 가서 제 역할을 할 수 있을까요?"

배정근의 물음에 잠시 생각하던 손탁 여사가 대답했다.

"최선을 다하고 결과를 기다려 봐야지."

"이 일에는 누가, 얼마나 개입한 겁니까?"

"밀사를 보내서 상황을 알리자는 의견이 맨 처음 나온 건 상동청년회에서였다."

"상동청년회요?"

"스크랜턴 목사가 세운 상동교회의 모임이지. 네가 만난 전덕기 목사가 주축이었다. 그리고 비슷한 시기에 궁궐에서도 밀사 파견에 관한 논의가 있었지. 이게 마지막 기회라는 위기감과 함께 말이다."

"그래서 밀사를 보내기로 결정이 된 건가요?"

"황제 폐하께서 밀사를 보내기로 결심하셨다고 해도 난관이 한두 가지가 아니었다. 가장 큰 문제는 밀사로 보낼 사람이었지. 다들 일본의 하수인이나 첩자 노릇을 하기 바빴으니까 말이다. 게다가 비밀을 유지해야 하는 것도 큰 문제였지."

"그래서 평리원에서 면관된 이준 검사를 선택하신 겁니까?"

"그분은 그냥 면관된 게 아니다. 참정대신 이완용의 이복형인 평리원 재판장 이윤용을 상대로 부당함을 호소하다가 재판까지 받았던 분이지."

"그 정도였습니까?"

"그래서 친일파들이 일본을 등에 업고 억지로 면관을 시켰단다. 밀사로 가기에는 제격이었지. 하지만 우리 호텔에 그냥 머물게 되면 말이 나올 테니까 가명을 써서 머물렀던 것이란다."

"물밑에서 많은 일들이 있었군요."

"역사라는 게 늘 그렇단다. 변하는 것 같지 않지만 조금씩 변하면서 결국은 세상을 바꾸게 만들거든. 조선만 해도 10년, 20년 전에는 상상도 하지 못했던 일들이 일어나고 있지 않느냐."

"그렇긴 하지만…."

배정근은 속이 답답했다. 해아로 가는 밀사가 무사히 출발하기는 했지만 그들이 과연 제 역할을 할 수 있을지는 다른 문제였기 때문이다. 사라진 손탁 여사를 찾기 위해 사람들을 만나고 얘기를 나누면서 나라가 어떤 상황에 처했고, 일본이 어떤 야심을 가지고 있는지 명백하게 깨닫게 되면서 불안과 우려는 더욱더 커져 갔다.
배정근의 표정을 살핀 손탁 여사가 냅킨으로 입술을 닦으면서 말
했다.

"이제 남은 건 기도하는 일뿐이다. 밀사들을 믿어 보자꾸나."

두 사람의 얘기를 듣던 이복림이 끼어들었다.

"갇혀 있는 두 사람은 어떡하나요?"

"일단 시간을 벌어야 하니까 그대로 놔 둘 생각이다."

"누가 찾으러 오지는 않을까요?"

이복림의 걱정스러운 물음에 손탁 여사가 어깨를 으쓱거렸다.

"손탁호텔이 아무나 쉽게 들어와서 뒤질 수 있는 곳은 아니란
다. 앞으로 며칠 동안은 이곳에 오지 마라. 괜히 너까지 휘말리게
하고 싶지는 않단다."

"그럴게요."

식사를 마친 손탁 여사는 그릇을 들고 먼저 자리를 떴다. 둘이
얘기하라고 배려를 한 것이다. 테라스로 나간 배정근이 따라 나온
이복림에게 말했다.

"오해해서 미안해."

쓴웃음을 지은 이복림이 어둑해지기 시작한 바깥을 바라보면서
대답했다.

"아니야. 그렇게 생각하는 것도 무리가 아니지. 사실은 나도 고
민을 했어."

"그랬구나."

"큰아버지가 여기랑 이화학당에 관심이 많더라고. 나한테 이것
저것 캐물었는데 자칫하다가는 첩자 노릇을 할 것 같았어. 내가 주
저하는 모습을 보이니까 말만 잘 들으면 미리견으로 유학을 보내
주겠다고 하시더라. 많이 고민했어."

"그런데 왜 입을 다문 거야?"

"누구는 하나밖에 없는 목숨을 걸고 나라를 지키려고 하고, 외
국인들조차 애를 쓰는데 내가 이럴 수는 없다고 생각했어."

"고맙고 미안하다."

울컥한 배정근의 말에 이복림이 희미하게 웃었다.

"우리 어떻게 살지는 모르겠지만 부끄럽게는 살지 말자."

또 다른 시작

이틀 후, 두 사람이 풀려났다. 손탁 여사는 곰보를 불러서 용서를 해 주겠지만 더 이상 이곳에서 일을 할 수는 없다면서 전별금을 두둑하게 챙겨 줘서 내보냈다. 일본 첩자인 박석천의 경우에는 헌병대에 연락해서 데려가게 했다. 풀려난 박석천이 가만두지 않겠다고 고래고래 소리를 질렀지만 손탁 여사는 눈 하나 깜짝하지 않았다.

　"그럼 저도 일본 첩자가 신분을 숨기고 내 호텔에 장기간 투숙하면서 염탐을 했다는 사실을 이토 통감에게 정중하게 항의하겠습니다."

　손탁 여사의 말에 박석천은 태도를 바꿔서 미안하다고 말했다. 손탁 여사는 그동안의 숙박비에 찢어진 침대 시트 비용까지 담은 청구서를 쥐어 주고 돌려보냈다. 그리고 휴가를 마치고 돌아온 보이들에게 배정근이 곰보 역할을 대신할 것이라고 일렀다. 이후, 손탁호텔은 빠르게 평온을 되찾았다. 며칠 후, 정문의 우체통을 살펴보러 나갔던 배정근은 못 보던 넝마주이가 있는 것을 보고는 발걸음을 멈췄다. 넝마주이는 배정근을 보고는 낡고 구멍 난 모자를 살짝 들어올렸다. 얼굴을 알아본 배정근이 아는 척을 하려고 하자 넝마주이는 주변을 살핀 뒤 숙소 뒤편으로 발걸음을 옮겼다. 넝마주이를 뒤따라간 배정근이 물었다.

"못 알아볼 뻔 했어."

그러자 한때 황만덕이라는 이름으로 지냈던 이태환이 빙그레 웃었다.

"변장과 변복은 우리 같은 정탐원에게는 필수야."

"언제 돌아온 거야?"

"며칠 전에, 부산으로 내려가서 배를 타고 해삼위까지 모시고 간 다음에 돌아왔어. 거기서 서전서숙을 운영하시는 전 의정부 참찬* 이상설 대감과 만나서 피득보로 가셨어."

"거기서 해아로 건너가는 거야? 말도 안 통하는데 괜찮을까?"

"피득보에 있는 공사관에 이범진 대감이 머물고 있어. 이범진 대감의 둘째 아들 이위종은 어릴 때부터 외국에 살아서 외국어에

---

* 의정부에 속한 정2품 벼슬.

능통해서 통역으로 데리고 갈 거야. 거기까지만 가면 이위종이 합류해."

"그럼 다행이네."

"네가 두 사람을 이틀 동안 잘 잡아 주고 있어서 별 문제 없이 증기선을 타고 갈 수 있었어. 원래는 안 되는 일이지만 고맙다는 얘기를 해 주려고 왔어."

"할 일을 했을 뿐인데, 이제 또 어디로 가?"

"제물포 쪽에, 왜놈들이 중국에서 들여온 아편을 몰래 판다는 소문이 있어서 조사하러 가야 해."

"몸조심 해."

배정근의 얘기에 이태환은 아무 말 없이 가볍게 고개를 끄덕이고는 돌아섰다. 그리고 평범한 넝마주이의 모습으로 정동 거리 너머로 사라졌다. 이준이 밀서를 가지고 손탁호텔을 떠난 지 한 달 보름쯤 지난 7월 3일, 《대한매일신보》에 헤이그에서 열리는 만국평화회의에 대한제국의 특사가 도착해서 활동하고 있다는 기사가 실렸다. 사람들은 술렁거렸다. 배정근이 기사가 실린 영문판 《대한매일신보》를 건네주자 손탁 여사는 아무 말 없이 웃었다. 거리에 나가면 삼삼오오 모인 사람들이 헤이그로 간 밀사들에 관한 얘기를 낮은 목소리로 주고받았다. 흉흉한 소문도 뒤따랐다. 황제가 보낸 밀사가 헤이그로 갔다는 소식을 들은 이토 통감이 군대를 이끌고 경운궁으로 밀어닥쳐서 퇴위를 압박했다는 내용이었다. 뒤숭숭한 분위기가 열흘 넘게 이어지는 가운데 형이 오랜만에 호텔에 모습을 드러냈다.

"형!"

"잘 지내고 있구나? 황궁에 들어갈 일이 있어서 잠깐 시간을 냈다."

"황궁에는 왜?"

"요즘 좀 시끄러운 일이 있어서 비상대기령이 떨어졌단다."

피곤해 보이는 형이 모자를 벗고 한숨을 쉬었다. 진지하지만 낙천적인 성격이었던 형이 유독 어두워 보이자 배정근도 걱정이 되었다.

"헤아에 간 밀사 때문이야?"

잠시 주저하던 형이 고개를 끄덕였다.

"통감부의 압력이 장난이 아니야. 시위대 전부 비상대기 중이고 일부는 황궁 수비대로 차출되었단다."

"무슨 일 나는 건 아니지? 통감이 황제 폐하께 퇴위하라는 압박을 넣었다는 소문이 돌고 있어."

"시위대가 있는 한 그럴 일은 없어."

딱 잘라 얘기한 형은 뭔가를 더 얘기하려다가 입을 다물었다.

"그만 돌아가야겠다. 그래도 황궁에 있으니까 종종 보러 오마."

"알았어. 형."

배정근은 정문에 기대서 멀어져 가는 형의 뒷모습을 물끄러미 바라봤다. 그때 이복림이 헐레벌떡 달려왔다.

"큰일 났어."

"왜?"

배정근의 물음에 이복림은 대답 대신 손에 든 《대한매일신보》의 호외를 내밀었다. 호외를 낚아챈 배정근은 이복림이 가리킨 곳을 읽었다.

전 평리원 검사 이준 씨가 지금 만국평화회의에 한국 파견원으로 갔던 일은 세상 사람이 다 알거니와, 작일(어제)에 받은 동경전보에 의하면 이 씨가 충분한 마음을 이기지 못하여 이에 자결을 하니 만국 사신들 앞에 피를 뿌려서 만국을 경동케 하였다더라.*

기사를 읽은 배정근은 할 말을 잊었다. 옆에서 이복림이 떨리는 목소리로 말했다.

"밀사로 간 일이 실패했나 봐. 얼마나 억울하고 분했으면 스스로 목숨을 끊을 생각을 했겠어."

"아직 끝나지 않았으니까 기다려 보자."

배정근은 밀서를 손에 넣고 떠나던 이준의 모습을 떠올렸다. 다음 날 《황성신문》에도 같은 내용의 기사가 실렸지만 자결한 것이

---

* 1907년 7월 18일 《대한매일신보》에 실린 실제 호외 내용.

아니라 자결했다는 소문이 있다는 내용을 담았다. 며칠 후인 7월 21일 자《대한매일신보》에는 해아로 간 밀사들의 동정을 좀 더 자세하게 소개한 기사가 실렸다. 아라사 공사 이범진의 아들인 이위종이 법국어로 일본의 조선 침략을 비판하는 연설을 했다는 내용과 함께 나라의 운명이 외국인들의 손에 들어갔다고 한탄하는 내용이었다. 기사에는 외국인이라고 완곡하게 표현했지만 그 외국인이 누구인지는 삼척동자도 알 수 있었다. 그러면서 흉흉한 소문은 사실로 확인되었다. 7월 20일, 황제 폐하가 황태자에게 양위를 한다는 소식이 전해졌다. 황제 폐하의 양위를 주도했던 이완용의 집이 민중들에 의해 불타 버렸다. 이완용의 집이 불타는 연기는 손탁호텔에서도 보였다. 이복림이 슬쩍 담장을 넘어와서 소식을 전해 줬다.

"집이 몽땅 불타 버렸어, 신주도 잿더미가 됐대."

"가족들은?"

"남산 왜성대에 있는 통감부로 피신했어. 큰아버지가 꽤 낙담하신 거 같아."

천벌을 받았다고 얘기하고 싶었지만 차마 입이 떨어지지 않았다. 이복림 역시 복잡한 표정을 지었다.

흉흉한 분위기는 7월 말까지 이어졌다. 그 사이 형이 몇 번 더 찾아왔지만 유독 피곤하고 수척해 보였다. 형이 마지막으로 찾아온 다음 날, 여느 때처럼 일을 하던 배정근은 멀리서 들려오는 총소리를 들었다. 처음에는 한두 번만 들리더니 점점 더 많이 들려왔다. 손님들의 아침 식사를 챙기고 살롱에서 커피를 마시던 손탁 여사도 불안한 표정으로 테라스 밖을 내다봤다. 2층으로 올라간 배정근은 손탁 여사가 있는 살롱의 테라스로 가서 가지고 있던 망원경을 꺼냈다.

"어느 쪽이니?"

손탁 여사의 물음에 배정근은 망원경을 이리저리 돌리다가 총구의 불빛들을 봤다.

"숭례문이랑 서소문 사이입니다. 숭례문 문루에서 기관총 같은 걸 쏘나 봐요."

"다른 건 안 보이니?"

"건물 중간중간에서 불길이 치솟아요. 무슨 일일까요?"

"숭례문 쪽이라면 시위대 병영이 있는 곳이야."

손탁 여사의 얘기를 들은 배정근은 가슴이 철렁 내려앉았다.

"형이 거기 있는데…."

"혹시 모르니까 일단 보이들에게 호텔 밖으로 나가지 말라고 해라."

"네."

배정근은 손탁 여사의 지시대로 움직이면서도 내내 형이 걱정되었다. 점심 무렵, 헐버트가 손탁 여사를 만나러 왔다. 현관에서 그를 맞이한 배정근이 물었다.

"무슨 일입니까?"

"일본 통감부가 오늘 오전에 시위대를 전격적으로 해산시키려고 했다. 그에 맞서서 시위대 일부가 저항해서 전투가 벌어지고 있다. 시위대 1연대 1대대장 박승환 참령이 해산령을 거부하고 자결한 게 시작이었다고 하는구나."

"1연대 1대대면 우리 형이 있는 부대인데요. 지금 상황은 어떤가요?"

"그쪽에서 피난 온 신도 애기로는 엄청나게 치열한 전투가 벌어진 모양이더구나. 일본군이 병영을 포위하고 공격했지만 시위대가 완강하게 저항해서 적지 않은 피해를 입은 모양이다."

헐버트가 2층으로 올라가자 배정근은 답답한 마음에 망원경으로 숭례문 쪽을 바라봤다. 불길이 점점 더 크게 치솟는 가운데 굉음과 함께 큰 불길이 치솟았다. 헐버트가 다녀간 이후 손탁 여사가 보이들을 집합시켰다.

"지금 숭례문 일대에서 시위대와 일본군 간에 교전이 벌어지고 있다. 혹시 위험한 일이 벌어질지 모르니까 문을 잘 잠그고 바깥에 나가지 마라."

애기를 마치고 돌아서는 손탁 여사에게 배정근이 말했다.

"형이 그곳에 있습니다. 가 봐야겠어요."

"안 된다."

"하지만…."

"네가 간다고 형을 만난다는 보장도 없지 않느냐. 내가 끝나는 대로 수소문을 해 볼 테니까 힘들어도 참고 기다려라."

틀린 얘기는 아니었기 때문에 배정근은 딱히 반박하지 못하고 돌아섰다. 총성과 폭음은 해가 떨어진 다음에도 이어졌다.

다음 날 아침, 뜬눈으로 밤을 새운 배정근 앞에 배설이 모습을 드러냈다. 초췌한 표정의 배설은 배정근에게 할 말이 있다는 손짓을 했다. 배정근은 잠시 기다리라는 손짓을 하고는 얼른 이복림을 불러왔다. 뒤뜰에 자리를 잡은 배설이 입을 열었다. 이복림이 떨리는 목소리로 통역을 해 줬다.

"네 형이 시위대 1연대 1대대에 복무하는 배유근 참위 맞지?"

"그, 그걸 어떻게 아셨습니까?"

"어제 아는 의사와 함께 시위대 병영에 가서 일본군과 싸우다가 다친 부상자들을 병원으로 옮기던 중에 만났다. 얘기를 전해 달라는 부탁을 받았다."

"어떤 얘기요?"

"대한제국의 군인으로서 주어진 임무를 다하기 위해 떠나야 할 것 같다고 말이다. 일본군과 교전을 벌인 상당수의 시위대 군인들이 성 밖으로 탈출했다. 아마 의병들을 찾아가서 합류할 거다."

"계속 싸우려고요?"

이복림을 통해 배정근의 물음을 들은 배설이 고개를 끄덕였다.

"이제부터 시작이라고 하더구나. 네 형은 무사히 한성을 빠져나
갔다."

형의 소식을 들은 배정근은 눈물이 핑 돌았다. 결국 배정근이
고개를 숙인 채 울자 배설은 안주머니에서 위스키가 든 플라스
크*를 꺼내서 한 모금 마신 다음 건네줬다. 건네받은 배정근이 한
모금 마시고 진정하자 넋두리처럼 중얼거렸다. 이복림이 그 얘기
를 들려주었다.

"영길리에 폭풍이 몰아쳐도 닻을 내린 배는 떠내려가지 않는다
는 말이 있대. 그러니까 너무 슬퍼하지 말고 견디라고 말해 줬어."

배설이 떠나고 넋이 나간 배정근은 아무 말도 하지 못했다. 그
런 배정근을 위로해 주던 이복림은 무심코 호텔 정문을 바라봤다
가 그대로 굳어 버렸다. 배정근이 고개를 들고 그쪽을 바라보자 일
본군에 둘러싸인 채 마차에서 내리는 참정대신 이완용의 모습이
보였다. 중절모에 양복 차림의 그는 특유의 냉담한 표정으로 두 사
람을 바라봤다. 이복림이 고개를 숙여 인사를 하고는 옆으로 물러
났다. 이완용은 배정근 앞에서 걸음을 멈췄다.

"손탁 여사를 만나러 왔다."

"방에 계십니다."

"살롱에서 차 한 잔 하자고 전해라. 그리고 너도 들어오너라. 긴

---

* 위스키 같은 술을 넣는 작고 납작한 휴대용 술통.

히 할 얘기가 있다."

애기를 마친 이완용이 호텔 안으로 뚜벅뚜벅 걸어 들어갔다. 고개를 돌려서 바라보는데 손탁 여사가 2층 테라스에서 내려다보고 있었다. 손탁 여사가 들어오라는 눈짓을 하고는 살롱 안으로 들어갔다. 심호흡을 한 배정근은 2층 살롱으로 올라갔다. 두 사람은 창가에 있는 원탁에 서로를 마주보고 앉아 있었다. 배정근이 들어서자 손탁 여사가 말했다.

"차는 안 드신다고 했으니까 문을 닫고 들어오너라."

조심스럽게 문을 닫은 배정근이 뒤에 서자 손탁 여사가 이완용에게 물었다.

"할 얘기라는 게 무엇입니까? 참정대신 각하."

"이번 해아 소동으로 황제 폐하께서 양위를 하고 물러나셨소. 그러니 서양전례관은 이제 필요가 없으니까 직위를 없애는 것으로 결정되었다오."

"황제 폐하의 뜻입니까?"

"새로 즉위하신 황제 폐하의 뜻이요."

"이상하군요. 황태자께서는 효심이 지극하신 분이라고 알고 있는데요."

손탁 여사의 얘기를 들은 이완용의 표정이 한층 굳어졌다.

"어찌되었건 앞으로는 궁궐에 들어올 필요가 없으니 그리 아시오."

"그럼 제 퇴직금은 통감부에서 챙겨 주시는 건가요?"

"퇴직금? 감옥에 안 가는 걸 천만다행으로 아시오."

"죄로 따진다면 참정대신 각하도 편안하지는 않으실 텐데요."

콧수염이 달린 입가를 실룩거린 이완용이 거칠게 대꾸했다.

"당신 같은 외국인들이 뭘 안다고 조선의 일에 이리 나서는 거요?"

"저도 이 나라에 산 지 20년이 넘었습니다. 사는 걸로 따지면 누구 못지않지요. 저는 옳다고 믿은 일을 했고, 거기에 대해서는 추호도 후회가 없습니다."

"결과적으로 해아에 간 자들은 아무 성과도 내지 못했다오. 오히려 결석재판에서 사형과 종신형을 선고받았고, 애꿎은 황제 폐하만 자리에서 물러나게 만들었잖소."

"큰소리치는 것처럼 보이지만 몹시 겁을 먹은 것처럼 보이네요. 참, 집안 소식은 들었습니다. 모두 불에 타서 위패도 못 건졌다지요. 참으로 안타깝습니다."

코웃음을 친 이완용이 천장의 샹들리에를 비롯해서 살롱 안을 바라보면서 대꾸했다.

"그까짓 집은 얼마든지 구할 수 있소. 원하기만 한다면 이 호텔을 뺏어서 집으로 삼을 수도 있고 말이오."

"비록 전쟁에서 패배하기는 했지만 러시아 황제 니콜라이 2세께서는 자국민이 강제로 집을 빼앗기는 걸 두고 보시지는 않을 겁니다."

"감히 날 협박하는 거요?"

"그리고 우리 호텔에 가짜 신분을 쓴 일본 첩자가 머물렀다는 사실을 알면 심기가 꽤 언짢아지실지도 모릅니다."

손탁 여사의 말을 들은 이완용의 얼굴이 붉게 상기되었다.

"앞으로는 조정과 퇴위한 황제의 일에 일절 간섭하지 말라는 이토 통감의 말씀이 있었소."

"고려하겠다고 전해 주십시오. 그리고 이 아이 말입니다."

손탁 여사가 배정근을 잠시 바라봤다가 이완용을 쳐다보면서 말했다.

"제가 자식이 없어 적적해서 양아들로 삼았습니다. 이제 이 아이도 러시아 백성이니까 그리 아십시오."

당황한 이완용이 콧수염을 만지작거리면서 반말로 얘기했다.

"뭐, 뭐라고?"

"그럼 멀리 안 나가겠습니다."

제대로 망신을 당한 이완용은 의자에서 벌떡 일어나서 밖으로 나갔다. 쿵쾅거리면서 계단을 내려간 그는 호텔 정문 앞에 대기하고 있던 마차에 올랐다. 마부가 채찍질을 하자 말들이 콧김을 내뿜으면서 천천히 움직였다. 마차 뒤로는 총검을 장착한 총을 든 일본군이 따라붙었다. 테라스에 서서 그 광경을 물끄러미 보던 손탁 여사가 배정근에게 말했다.

"겨울이 오고 있구나."

손탁의 얘기를 들은 배정근이 물었다.

"겨울이 오면 어찌해야 합니까?"

희미하게 미소를 지은 손탁이 대답했다.

"내 고향인 알자스는 프로이센 땅이었다. 하지만 내가 태어나기 전에는 프랑스 땅이었지. 그러다가 내가 열여섯 살이 되었을 때 양국의 전쟁이 벌어지면서 프로이센 땅이 되었단다. 역사란 어떻게 될지 아무도 모르는 법이니까 너무 낙담하지 말거라. 그러니까 견뎌야지. 봄이 올 때까지 말이다."

덧붙이는 글

* 스포일러가 될 수 있으니 가급적 소설을 읽으신 후 봐 주세요.

• 손탁 여사는 1909년 손탁호텔을 프랑스인 보에르에게 매각하고 조선을 떠납니다. 보에르가 인수한 손탁호텔은 경성에 다른 호텔들이 속속 들어서면서 점차 경영이 어려워집니다. 그러다 결국 1917년 이화학당에 매각됩니다. 이화학당은 손탁호텔을 허물고 그 자리에 프라이 홀을 세웁니다. 현재 이화여고 주차장 진입로 한쪽에 손탁호텔 표지석이 있습니다.

• 프랑스인 보에르는 손탁호텔을 인수하기 이전에 이미 경운궁 대한문 옆에 있는 팔레호텔을 인수한 적이 있습니다. 화재로 전소된 팔레호텔은 보에르가 인수해서 재개장하면서 센트럴호텔로 불렸고, 1908년 즈음에는 팰리스호텔로 이름이 바뀌었습니다.

• 1909년 조선을 떠난 손탁 여사의 최후에 대해서 그동안 알려진 정설은 다음과 같습니다. 조선에서 모은 재산을 러시아에 투자했다가 혁명으로 인해서 모두 잃고 빈곤한 생활을 하다가 1925년에 러시아에서 세상을 떠났다. 하지만 최근 연구 결과에 의하면 손탁 여사는 프랑스 칸에서 편안하게 여생을 보내다가 1922년 세상을 떠난 것으로 밝혀졌습니다.

• 손탁 여사와 러시아 공사 베베르(위패)와의 관계는 명확하게 알려져 있지 않습니다. 오랫동안 베베르 공사의 처형, 즉 아내의 언니라고 잘못 알려지기도 했습니다. 실제로는 손탁 여사의 여동생과 결혼한 러시아 귀족의 여동생이 베베르와 혼인을 하면서 친척 관계가 이뤄진 것입니다. 결혼을 하지 않았던 손탁 여사가 베베르 부부와 함께 살다가 조선으로 건너온 것으로 보입니다.

• 손탁 여사는 조선을 떠날 때 조선인 양자 이태운, 그리고 모다라는 애칭으로 불린 일본인 여성 다카호치 오마키와 함께 갔습니다. 조선에서는 손탁 여사가 프랑스 파리에 이태운을 버렸다거나 혹은 이태운이 조선으로 돌아왔다고 했지만 연구 결과에 따르면, 이태운은 프랑스에서 내내 지냈습니다.

• 손탁 여사와 함께 조선을 떠난 이태운은 1923년 알자스 출신의 프랑스 여성과 결혼해서 4남 1녀를 낳습니다. 현재도 그의 후손들이 프랑스에서 지내고 있을 것으로 추정됩니다.

• 소설에 등장하는 법국, 프랑스 공사관은 1896년, 현재 창덕여중 자리에 지어졌습니다. 1905년 을사늑약이 체결되면서 영사관으로 격하되었

으며 1910년에 마포구로 이전했습니다. 그 자리에는 소학교가 들어섰고, 공사관 건물은 1935년에 철거되었습니다.

- 어니스트 베델(배설)은 1872년 영국에서 태어났습니다. 일본에서 사업을 하다가 1904년 특파원 자격으로 조선으로 건너왔습니다. 이후 일본의 조선 침략을 규탄하는 《대한매일신보》와 《코리아 데일리 뉴스》를 창간해서 언론인으로 활동합니다. 일본의 탄압과 압력으로 인해 재판을 받고 구속되기도 했지만 끝까지 항일운동을 포기하지 않습니다. 1907년에는 국채보상운동을 주도합니다. 하지만 극심한 스트레스로 건강을 해쳐 1909년, 세상을 떠나고 맙니다.

- 1871년 평양에서 태어난 양기탁은 어릴 때부터 개화 사상을 가지고 있었습니다. 1898년 만민공동회에 적극 참여했다가 감옥에 갇힙니다. 출옥 후에는 일본과 미국에 있다가 귀국합니다. 1904년 궁내부의 예식원에서 통역과 번역 업무를 맡았지만 을사늑약 체결 후에 사직하고 《대한매일신보》에서 일했습니다. 이후 일본의 탄압에도 불구하고 국내외에서 독립운동을 벌이다가 1938년 세상을 떠납니다.

- 베델과 양기탁이 세운 《대한매일신보》는 일본의 침략을 규탄하는 내용의 논설과 기사를 통해서 조선인들에게 많은 사랑을 받았습니다. 사장인 베델이 외국인이었기 때문에 일본의 간섭에서 자유로울 수 있었습니다. 하지만 1909년 베델이 갑작스럽게 세상을 떠나면서 《대한매일신보》는 위기에 처합니다. 베델의 사망 후에 만함이라는 외국인이 뒤를 이었지만 통감부의 집요한 매수 공작에 넘어가 1910년 5월, 통감부에 매각되

고 말았습니다.

• 미국인 선교사 호머 헐버트는 1886년 조선으로 들어왔습니다. 육영공
원 등에서 영어를 가르치던 그는 1905년 고종의 밀서를 갖고 미국 대통
령을 만나 조선의 독립을 호소하려고 했지만 실패하고 맙니다. 1907년
헤이그 밀사 사건에도 관여한 그는 미국으로 돌아가서 조선에 관한 글을
씁니다. 1949년 대한민국 정부의 초청으로 방문했다가 숨을 거둔 그는
양화진 외국인 묘지에 묻혔습니다. 헐버트는 실제로 한국말에 능숙했기
때문에 소설상에서 통역이 필요하다고 언급한 부분은 사실이 아닙니다.

• 가쓰라·태프트협정은 1924년경에 세상에 알려지게 됩니다. 따라서
소설상에서 헐버트 선교사가 그 존재를 알고 있다는 것은 역사적 사실과
맞지 않은 허구입니다.

• 고희경은 개화파 정치인 고희영의 아들로 일찍부터 서구 문물을 접했
습니다. 외교관으로도 활동했던 그는 손탁 여사와 함께 궁궐의 예식을
전담하는 궁내부 예식과장으로 일했습니다. 하지만 중추원 고문을 지내
는 등 친일파로도 활동했습니다.

• 전덕기 목사는 젊은 시절, 상동교회를 세운 스크랜턴 목사에게서 기독
교를 접하게 됩니다. 그걸 계기로 신학을 공부하게 되는데 1902년에 전
도사가 되었습니다. 1907년에는 감리교 목사 안수를 받고 상동교회의 담
임목사가 됩니다. 독립운동에 뛰어들어서 신민회를 조직하기도 했습니
다. 결국 105인 사건으로 체포되어 옥고를 치렀고, 석방 후에 후유증으로
인해 1914년 세상을 떠납니다.

• 1893년에 세워진 상동교회는 청년회 등을 중심으로 독립운동을 활발하게 전개했습니다. 일설에 의하면 이곳에서 헐버트 선교사 등이 모여서 헤이그 만국평화회의에 특사를 파견하는 문제를 논의했다고 합니다. 3·1운동에도 적극적으로 참여했으며 1944년, 일본의 탄압에 의해 교회가 폐쇄되었다가 광복 후에 다시 문을 열게 됩니다.

• 을사늑약을 체결하는 데 앞장선 매국노 이완용은 1909년 12월 이재명 의사의 공격을 받고 중상을 입습니다. 간신히 살아나긴 했지만 내내 후유증에 시달리다가 1926년 죽고 말았습니다. 2006년 친일반민족행위진상규명위원회가 발표한 친일반민족행위자 명단에 올랐으며, 오늘날에도 대표적인 매국노로 알려져 있습니다.

• 평리원은 오늘날의 대법원에 해당하는 최고 법원입니다. 1899년 설치되어서 1907년까지 존재했습니다. 정동의 서울시립미술관 자리에 있었는데, 1928년에 일본이 경성재판소를 짓습니다. 광복 후에는 대법원 건물로 사용되었는데 1995년 대법원이 서초동으로 이전한 후에는 서울시립미술관으로 사용되고 있습니다. 현관 옆에는 아직도 경성재판소의 정초석이 남아 있습니다. 정초석을 놓은 것은 초대 조선 총독인 데라우치 마사타케입니다. 소설 상에서 평리원이 오얏꽃 문장을 사용한다는 것은 역사적 사실에 맞지 않는 허구입니다.

• 1907년 고종은 비밀리에 밀서를 내려서 네덜란드 헤이그에서 열리는 만국평화회의에 특사를 파견합니다. 특사로 선발된 이준은 1907년 4월 한성을 떠나 블라디보스토크로 가서 그곳에서 머물고 있던 이상설과 만

납니다. 두 사람은 시베리아 횡단 열차를 타고 상트페테르부르크로 가서 러시아 공사 이범진의 아들 이위종과 합류합니다. 세 사람은 6월 말, 만국평화회의가 열리는 헤이그에 도착합니다. 하지만 정식 참가 자격을 얻지 못하고, 일본의 방해를 받게 됩니다. 결국 회의에 참석하지 못하게 되자 울분에 못 이긴 이준은 세상을 떠나게 됩니다.

• 이준 열사는 법관양성소 제1회 졸업생이었습니다. 1896년 한성재판소에서 잠시 일을 했던 그는 1906년 6월 평리원 검사로 임명되었다가 다음 해 초, 법부의 상관과 동료를 탄핵한 일로 재판을 받습니다. 유죄판결을 받은 이후 헤이그 밀사로 이 땅을 떠나게 됩니다.

• 일본은 헤이그로 간 세 명의 특사에게 결석재판을 통해 처벌을 하려고 했습니다. 이상설에게는 사형 판결이 내려졌고, 이준과 이위종에게는 무기 징역형이 선고되었습니다.

• 1907년 헤이그 밀사 사건을 계기로 고종을 퇴위시킨 일본은 대한제국의 군대를 해산시킵니다. 하지만 일본의 이런 음모를 눈치 챈 시위대 제1연대 1대대장 박승환 참령이 자결하면서 대대원들이 저항에 나서게 됩니다. 일본군과 교전을 벌인 시위대원들은 전국 각지로 흩어져 의병에 가담해 저항을 계속합니다.

작가의 말

을미사변으로 부인 명성황후를 잃고 경복궁에 유폐되어 있다시
피 했던 고종은 1896년, 엄 귀인의 가마에 몰래 올라타고 탈출을
감행합니다. 그가 향한 곳은 러시아 공사관이었습니다. 한 나라의
왕이 다른 나라의 공사관으로 피신한, 전무후무한 이 사건은 '아
관파천'이라는 이름으로 역사에 남습니다. 이 사건으로 고종은 1
년 남짓 피신을 해야만 했습니다. 이후 경운궁으로 돌아온 고종은
1897년 대한제국을 선포하고 황제의 자리에 오릅니다. 그리고 강
력한 개혁정책을 펴는데, 이때의 연호를 따서 '광무개혁'이라고 부
릅니다. 행정과 국방, 교육과 교통 분야까지 다양한 분야에서 서구
화를 위한 개혁을 시도합니다. 이런 개혁정책으로 말미암아 많은
서양인 전문가들이 필요해졌습니다. 아울러 대한제국이 추진하는

정책을 통해 이익을 얻으려는 서양인 사업가들도 방문했습니다. 이런 외국인들에게 한옥은 굉장히 불편한 공간이었습니다. 따라서 서양식 호텔이 필요했죠. 그래서 인천의 대불호텔을 비롯해서 한양에도 외국인들이 머물만한 곳들이 생겨납니다. 하지만 손탁호텔은 다른 곳과 달랐습니다.

손탁호텔의 운영자는 손탁 여사였습니다. 러시아 공사인 베베르의 먼 친척인 그녀는 프랑스와 독일의 접경 지역인 알자스로렌 출신입니다. 베베르를 따라 조선에 온 그녀는 명성황후의 신임을 얻었고, 그녀의 사후에는 고종의 측근이 되어서 황실 전례관으로 활약합니다. 청나라와 일본의 간섭과 압력을 받던 조선으로서는 러시아의 도움이 필요했고, 공사의 친척인 손탁은 연결 고리 역할을 했습니다. 고종은 그녀의 도움에 고마움을 표시하기 위해 경운궁 근처의 땅을 하사했고, 손탁호텔, 곧 손탁빈관을 짓게 됩니다. 이후 손탁빈관은 고종과 왕실과 밀접한 관련이 있는 외국인들이 머무는 숙소로 이용됩니다. 귀빈이 머무는 숙소인 영빈관이라는 뜻인 손탁빈관은 우리나라 근대사를 이해하는 데 아주 중요한 공간입니다. 단순한 숙박 시설이 아니라 황실과 밀접한 연관이 있던 외국인들이 머물면서 궁궐을 드나들었기 때문입니다. 을사늑약 체결 당시 총책임자격인 이토 히로부미도 이곳에 머물렀다고 합니다.

한민족의 쓰라린 근대사를 직접 지켜봤던 손탁빈관은 을사늑약 체결 이후 급격하게 존재감이 사라집니다. 휴가를 내서 유럽을 다녀왔던 손탁 여사는 1909년 조선을 떠납니다. 이때 손탁빈관에서 일하던 조선인 급사와 함께 떠났다는 기록이 있습니다. 그녀가 남겨 놓고 떠난 손탁빈관은 일반 호텔로 바꿔서 영업을 하지만 다른 호텔들이 우후죽순으로 생겨난 상황이라 경영난에 빠지고 맙니다. 결국 1917년 바로 옆에 있던 이화학당에 매각되어서 기숙사로 사용되다가 1922년 프라이 홀을 신축하기 위해 허물어지고 맙니다. 현재 이화여고 정문 지하주차장 옆에 손탁호텔 표지석이 작게 남아 있습니다.

《미스 손탁》은 가상의 사건을 다루지만 공간과 장소, 그리고 등장인물의 상당수는 실제입니다. 우리의 아픈 근대사를 손탁호텔을 통해서 들여다보고 싶었기 때문입니다. 상처가 보기 싫다고 외면하면 치유되는 대신 더 큰 상처로 이어집니다. 아픈 역사라고 외면한다면 다시 반복될 수 있다는 점을 잊지 말아야겠습니다. 손탁 여사가 회고록을 남겼다면 좋았겠지만 자기 자신에 대해서는 어떠한 기록도 남기지 않았습니다. 대신 그녀가 유럽으로 휴가를 떠났을 때 잠시 황실 전례관을 대신 맡았던 독일 여인 엠마 크뢰벨이 쓴《나는 어떻게 조선 황실에 오게 되었나?》에 잠깐 드러나 있습니다.

하얀 머리카락, 지적이고 날카로운 눈매, 각진 얼굴 모양, 큰 체구, 전체적으로 후덕해 보이는 그녀의 인상은 그녀를 특별하면서도 실제보다 더 젊어 보였다.

우연의 일치인지는 모르겠지만 손탁 여사가 프랑스의 칸에서 세상을 떠난 시기는 손탁호텔이 사라진 1922년입니다. 손탁 여사와 함께 갔던 조선인 급사는 프랑스 여성과 혼인을 해서 자식을 낳고 정착합니다.